完全記憶探偵
上
デイヴィッド・バルダッチ 著
関 麻衣子 訳
MEMORY MAN
DAVID BALDACCI
CROSS
竹書房文庫

トムとパティ・メイシアグに。
前へ進み、楽しんでほしい。
それはきみたちの自由だ。

主な登場人物

エイモス・デッカー……………………私立探偵。
メアリー・ランカスター……………………バーリントン署刑事。
マッケンジー・ミラー……………………バーリントン署警部。
サリー・ブリマー……………………バーリントン署広報部員。
ロス・ボガート……………………ＦＢＩ特別捜査官。
ノーラ・ラファティ……………………ＦＢＩ特別捜査官。
アレクサンドラ（アレックス）・ジェイミソン……新聞記者。
セバスチャン・レオポルド……………………自首してきた謎の男。
デビー・ワトソン……………………マンスフィールド高校の生徒。
アール・ランカスター……………………メアリーの夫。
サンディ・ランカスター……………………メアリーの娘。

完全記憶探偵　上

1

エイモス・デッカーは三人の残酷な死を永遠に忘れることはない。それは背筋の凍るような青に彩られていた。ふとしたときに、内臓をえぐるナイフのようにその色が襲ってくる。死ぬまで逃れることはできない。

その日の張りこみは長く、まったく実りのないものだった。車で自宅に向かいながら、デッカーは次の勤務までに数時間だけでも眠りたいと考えていた。私道に入ると、樹脂製の外壁に覆われた二階建ての自宅が見えてくる。築二十五年だが、ローンを完済するには同じだけの年数がかかりそうだ。車から降りるとき、雨に濡れた路面で三十一センチの靴が滑り、あやうく転びそうになる。どうにかこらえ、車のドアをそっと閉める。家族はみな眠りについている時間だ。キッチンに続く勝手口のスクリーン・ドアをあけ、なかに入る。

室内は当然ながら静かだった。だが、あまりにも静かすぎることにデッカーは気づかなかった。なぜ気づけなかったのか。それはその夜に犯した多くの過ちのひとつだった。キッチンで足を止め、グラスに水を注ぐ。それを飲み干し、グラスをシンクに置き、濡れた顎を手で拭ってから居間に入る。

とつぜん足が滑り、今度は大きな身体が床に打ちつけられる。寄木張りの床は滑りやすく、転んだのは初めてではない。だが、何かがおかしかった。窓から月明かりが差しこんでいるので、視界ははっきりとしている。

手を見ると、妙な色をしていた。

赤い。血だ。

どこかから流れてきている。デッカーは立ちあがり、探しに行く。

血を流している者は隣の部屋にいた。ジョニー・サックス。妻の兄だ。デッカーと同じように大柄な男が、倒れたまま動かない。近づいて膝をつき、顔を間近で見てみる。喉が大きく切り裂かれている。脈を確かめる必要はない。体内の血液は、ほとんどが床の上に流れ出てしまっている。

このとき、携帯電話を出してすぐに九一一に電話するべきだった。それはわかっていた。犯罪現場を荒らしてはならない。そう、ひとりの人間が惨殺されたこの家は犯罪現場なのだ。美術館にいるのと同じように、どこにも手を触れてはならない。警察官としての本能がそう叫んでいる。

だが、まだひとりしか見つけていない。階段に目をやると同時にパニックが全身を駆けぬける。人生のすべてを奪われたのではないかという恐怖が襲ってくる。デッカーは走りだす。靴が固まりはじめた血だまりを蹴り、さざ波を立てる。

重要な証拠が破壊され、保全されるべき現場が荒らされている。だが、知ったことではない。

ジョニーの血がついた足跡を残しながら、階段を三段ずつ駆けのぼる。息はあがり、心臓は暴れ、いまにも胸を破りそうだ。頭のなかは真っ白だが、手足は勝手に動いている。

二階の廊下に着き、壁に身体をぶつけながら、右側のドアに飛びつく。拳銃は手にしていない。殺人犯がまだここにいて、自分を待ちかまえているかもしれないと思う余裕はなかった。

ドアを勢いよくあけ、必死に部屋のなかを見まわす。

誰もいない。

いや、ちがう。

部屋の奥にあるサイドテーブルのランプに照らされ、ベッドの上に突きでた足が見える。デッカーはその場で凍りつく。

よく知っている足だ。何年ものあいだ、この手で触れ、さすり、ときにはキスもした。すらりとして甲の幅は狭く、華奢で、大柄な自分よりも足の指が長い。浮きでた血管に、硬くなったかかと、赤いペディキュアを塗った爪。何も変わったところはない。真夜中に、ベッドの上に突きでているという点を除けば。その向きから、身体は床の上にあるはずだ。なぜそんなところにあるのか。それは……。

足のあるほうへ近づいていき、見おろす。

カサンドラ・デッカー――キャシー。デッカーの人生のすべてである妻が、床の上からこちらを見あげている。いや、その目は何も見ていない。デッカーはふらふらと歩み寄り、足を止め、ゆっくりと膝をつく。床にできた血だまりでジーンズが濡れる。

キャシーの血だ。

喉に傷はない。血はそこから出ているのではない。額だ。

一発の弾丸に貫かれている。いけないと知りながら、腕でキャシーの頭を抱えあげ、荒い息で上下する胸に抱きよせる。長い黒髪が、冷たい波しぶきのようにふわりと広がる。額にあいた穴は黒く、その周囲は焦げている。

銃口が突きつけられ、撃たれ、痛みを感じる間もなく命を絶たれた。眠っていたのだろうか。起きていたのだろうか。殺人犯の姿を見て恐怖におののいたのだろうか。

妻を腕に抱く最後のひとときを過ごしながら、さまざまな思いをめぐらせる。

キャシーの身体をもとの位置に戻す。青白く無表情な顔、額のまんなかにあいた黒い穴。これが妻の最期の姿なのだ。黒い穴は文章の終わりに打つピリオドのように見える。

すべてに終わりを告げるピリオド。

立ちあがると足がしびれていたが、よろめきながら部屋を出て、廊下の先にあるもうひとつの寝室に向かう。

勢いよくドアをあける必要はない。もう急がなくてもいい。どうなっているかはわかっている。わからないのは、どんな手段が使われたかということだけだ。

最初はナイフで、次は銃だった。

寝室に姿はない。バスルームだ。

そこには明かりがついている。目を刺すほどまぶしい。殺人犯は最後のひとりを自分に見せつけたかったのだろう。

トイレの便器にすわっていた。着ていたガウンの紐で、タンクに身体をくくりつけられている。そうでなければ床に倒れこんでいただろう。そっと近づく。

足は滑らなかった。血は流れていない。小さな娘には一見どこにも傷がないようだった。だがよく見ると、首に絞められた痕がある。くっきりとしていて火傷のように痛々しい。ガウンの紐が使われたのか。それとも素手だろうか。わからないが、どうでもいい。窒息死が楽なものであるはずがない。それはひどく苦しく、恐ろしいはずだ。しかも、殺人犯にゆっくりと命を絞りとられながら、娘は相手の顔を見あげていたのだ。

モリーはあと三日で十歳の誕生日を迎えるはずだった。誕生会をひらく予定で、友達も招待していたし、プレゼントも買ってあったし、大きなチョコレート・ケーキも注文ずみだった。デッカーは妻の準備を手伝おうと早く帰宅したこともあった。キャシーもフルタイムで働いているのに、育児も家事もほとんどひとりでこなしていた。デッカーの仕事が九時五時どころではない長時間勤務なので、やむを得なかった。ジョークを交えて話したことがある。デッカーが現実の生活の何を知っているのだろうか。スーパーマーケットでの買い物？　請求書の支払い？　モリーを病院に連れていくこと？

何も知らない。それが現実だった。何ひとつ。

死んだ娘の正面に腰をおろし、あぐらをかいて自分の両足を太腿の上に乗せた。デッカーは大柄な割に身体がやわらかい。たしか、蓮華座《ロータス・ポーズ》とか、そんなような呼び名だった。娘はこのすわり方を見るのが好きだった。なぜそんなことを考えているのだろう。ショックを受けたせいかもしれない。

モリーの目は大きく見ひらかれていたが、何も見ていない。母親と同じように。娘は二度と自分の顔を見ることはない。

ただそこにすわり、身体を前後に揺らす。モリーを見てはいるが、モリーはそこにいない。幼い娘はもうこの世にはなく、自分を見てくれることはない。

終わりだ。すべて失った。ひとりで生きていくなんて、とても無理だ。

腰のホルスターから九ミリ拳銃を取りだし、弾が装塡されていることを確かめる。そして両手で銃を包みこむ。心地よい感覚だ。この小さな拳銃が、確実にすべてを終わらせてくれる。これまでひとを撃ったことはない。だが、いまは撃ちたい。

銃口の金属を見つめる。射撃練習場では何回撃っただろうか。千回か。一万回か。いずれにせよ、今夜は外すことはない。

口をあけ、銃口をくわえて上に向ける。そうすれば弾丸が脳を貫き、一瞬で死ねるだろう。用心金《トリガーガード》に指を置く。モリーを見る。急に戸惑いを覚えたので、口から拳銃を抜き、右のこめかみに銃口を突きつけ、目を閉じる。そうすれば何も見なくてすむ。ふたたび指が用心金に触れる。指がそこを離れ、引き金にかかる。ゆっくりと確実に、戻れないところまで引くのだ。きっと何も感じない。身体に痛みが伝わるまえに、脳は破壊される。

ただ引くだけだ。引け、エイモス。もう何も失うものはない。何も残っていない。みんないなくなってしまった。そう……いなくなってしまった。

拳銃を持ったまま考えた。あの世で家族に会ったらなんと言おうか。

すまなかった？

許してくれ？

こんなことをした奴から守ってやりたかった？　家にいてきみたちを守るべきだっ

た？

拳銃をきつく握り、こめかみにさらに強く押しつけると、銃口の硬い金属が肌に食いこむ。血がにじみ、白髪の交じりはじめた髪を濡らす。きっとこの数分間で白髪は増えたにちがいない。

勇気を振りしぼろうとしているのではない。

落ちつきを取りもどそうと必死になっているのだ。だが、これから死ぬ者に落ちつきなど必要だろうか。

拳銃の位置はそのままに、デッカーは携帯電話を取りだして九一一に電話をかけ、自分の職とバッジ・ナンバーを告げる。殺人事件の発生と、被害者が三名であることを簡潔に述べ、携帯電話を床に落とす。

一階にはジョニーがいる。

廊下の先にはキャシーがいる。

そしてここにはモリーがいる。

とつぜん、なんの前ぶれもなく、見たものすべてが恐ろしい青に彩られた。死体も、自宅も、この夜のすべてが。青い泡があちこちに浮かんで見える。上を向き、怒りと喪失感にまかせて叫び声をあげる。こんなときでさえ、あの忌まわしい色が視界に入りこんでくる。なぜ、いまだけでも普通でいられないのか。これほどの絶望に打ちのめされているのに。うつむき、頭に拳銃を突きつけたますますわりこむ。もう死ぬ準備はできている。家族のもとへ行きたい。

だが、なぜだかわからないが、エイモス・デッカーは引き金を引かなかった。

そしてその姿勢のまま、四分後、駆けつけた警官に発見された。

2

公園のベンチは赤く塗られている。

身を切るような冷たい晩秋の空気が、近づく冬を感じさせる。

エイモス・デッカーはベンチにすわり、待っていた。

目の前を一羽のスズメが飛んでいき、通りすぎる車をぎりぎりでよけたあと、高く飛びあがり、風に乗ってどこかへ消えていった。車の形、モデル、ナンバープレート、車内にいた全員の特徴が頭に入ってくる。前の座席には夫婦が乗っていて、後部座席にはチャイルドシートに乗った幼児がいる。その隣にもうひとり、十歳くらいの子どもも乗っている。リア・バンパーには、〈わが子はソーンクレスト小学校の優等生です〉と書かれたステッカーが貼られている。

おめでとう。その賢い子をどこで誘拐できるかサイコ野郎に知らせたいなら、大成功だ。

バスが停まる。デッカーはさっと視線を走らせ、同じように観察する。乗客は十四人。昼だというのにみな陰気で疲れた顔をしている。ひとりだけ元気なのは子どもで、隣には疲労困憊した母親がすわっていて、膝の上には荷物がいっぱいに詰まったバッグが載っている。バスの運転手は新人らしき若い女で、緊張の面持ちでハンドルを握っている。パワーステアリングだというのにハンドルを切るのに苦労していて、角を曲がるのがあまりにも遅く、エンジンが止まったのかと思うほどだった。

上空には飛行機が飛んでいる。それほど遠くないので、機体はユナイテッド航空のボーイング737型機だとわかる。ウィングレットがついているので新しいモデルだ。737という数字とともに、銀色が浮かんで見える。737は美しい並びの数字で、滑らかな銀色を思わせ、弾丸のような速さを想像させる。7から始まるものはすべて、こんなふうに感じる。ボーイング社が全機種に7から始まる番号をつけてくれたのはありがたかった。

ふたりの若い男が通りすぎる。観察し、記憶に刻む。ひとりは年上で背が高く、リーダー格。もうひとりは手下のような役回りで、笑ったり、誰かにいちゃもんをつけたりしている。通りの向こうにある公園では四人の子どもが遊んでいる。年齢、体格、気質で序列が決まる。そうやって六歳までにヒエラルキーが形成される。オオカミの群れと同じだ。観察終了。

次は犬を連れた女だ。ジャーマン・シェパード。それほど老いてはいないが、腰が悪い。この犬種に多い股関節形成不全かもしれない。記憶に刻む。携帯電話に早口に話しかける男が通りすぎる。ゼニアのスーツ、グッチのGがついた艶のある靴。左手には金の指輪があり、大きな宝石がついている。スーパーボウルの優勝チームに与えられる指輪みたいだ。右の手首には、四千ドルはしそうなゼニスの腕時計がある。プロのスポーツ選手にしては小柄だし、体格も貧弱だ。ドラッグの売人にしては身なりがよすぎる。ヘッジファンド・マネージャーか、医療過誤専門の弁護士、あるいは不動産ディベロッパーかもしれない。これも記憶に刻む。

通りの反対側では、車椅子の老女が病院のヴァンから降ろされている。左半身が動かないようで、顔も左半分が麻痺している。脳卒中だろう。情報を保存する。介助しているヘルパーはやや背骨が湾曲していて、足も少し曲がっている。これも記憶に刻む。

エイモス・デッカーは目の前のすべてのことについて、細かい点まで頭のなかに取りこむことができる。そして脳がそれを整理していく。そこから色々と推測する。考えこむこともある。仮定してみることもある。だが、いまやっていることに特に意味はなく、ただ待っているあいだの暇つぶしにすぎなかった。数字と色を結びつけるように。それも暇つぶしのひとつだ。

自宅は差し押さえられてしまった。夫婦共働きでもローンの支払いはやっとだったのに、デッカーひとりの給料ではどうにもならなかった。家を売ろうともしてみたが、凄惨な殺人事件のあった物件など売れるはずがない。

それから数カ月はアパートメントを借りて暮らした。そこからモーテルに移った。失業してからは、友人の家のソファで寝泊まりした。友人から厄介者扱いされるようになると、やむを得ずホームレスのシェルターに身を寄せた。だが、そこも資金難で閉鎖されてしまったので、デッカーは住まいを寝袋にまで縮小し、公園で暮らした。寝袋がすり切れて使えなくなり、警察が公園からホームレスを一掃すると、駐車場に段ボールの家をつくって生活した。

堕ちるところまで堕ちた。太りすぎた不潔な身体、鳥の巣のような髪、伸び放題の髭。宇宙人と交信しようとして洞窟に暮らしている変人にしか見えなかった。ずっとそんな暮らしをしていたが、ある日ウォルマートの駐車場で、トイレットペーパーのロゴが印刷された皺《しわ》だらけの段ボールのなかで目覚めたとき、ふと気づいた。こんな自分を見たらキャシーとモリーはひどく落胆するだろうと。

それからはまず身ぎれいにするように努め、日雇いの仕事で金を貯め、長期滞在できるレジデンス・インの部屋に移り、私立探偵の仕事を始めた。どんな依頼でも引きうけた。たいていは値切られ、たいした報酬は得られなかったが、たとえわずかでもカネにはなった。いまの自分にはそれで充分だった。

デッカー自身と同様に、その仕事にも存在意義があるとは言いがたかった。まだ髭は伸びていたし、髪もくしゃくしゃで、体重も減っていなかったが、服はまあまあ清潔で、週二回以上シャワーを浴びることもある。少なくとも段ボールのなかで暮らしてはいない。数センチ単位ではあるが、進歩している。どうせメートル単位で前進などできないのだから、それでいい。

目を閉じて、ついさっき観察した光景を頭から締め出そうとする。だが、目蓋の裏に映画のスクリーンがあるかのように、はっきりと残っている。そして残りつづける。見たことを忘れたいのはやまやまだが、頭に入ってくるものは永遠に保存されてしまう。必要なときに記憶を呼びだすことができるが、勝手に浮かんでくることもある。前者は便利だが、後者はどうしようもなくわずらわしい。

あの夜、警官たちは自殺を思いとどまらせようと自分を説得した。だがその後も何度となく、自ら命を絶とうと思った。そんな状況なので、まだ警察で働いていたときにはセラピーに通ったりもした。同じように自殺願望のある人々の集まりに出席し、輪になって話したりもした。

わたしはエイモス・デッカー。自殺したい。以上。話はそれだけだ。

目をあける。

十五カ月二十一日と十二時間十四分。こんな頭脳を持っているせいで、正確に時間が計れてしまう。あの日に自宅で三人の死体を発見し、家族を失ってから、それだけの時間が過ぎていた。あと六十秒で十五分になる。それはいつまでも続いていく。

自分の身体を見おろす。大学で四年間フットボールをプレーし、ごくわずかな期間だがプロの選手としての経歴もあり、巡査から刑事になっても体型は保っていた。だが、妻と義理の兄と娘の死体の身元を正式に確認して以来、自分の見た目などどうでもよくなった。あれから二十キロ、あるいはもう少し太っただろう。少しどころではないかもしれない。身長百九十六センチの肥満体の役立たず。腹はぶよぶよで前に突きでていて、腕も胸も肉がたるみ、脚は太い丸太のようだった。やたらと大きな足は、腹に邪魔されて見ることもできない。

髪は長く、あちこちに白いものが交じり、清潔とは言えなかった。そのせいで、完璧な記憶力の持ち主のようにはとても見えない。伸び放題の髭はかなりのボリュームで、まったく整えられてない。もつれた束があちこちに伸び、何かにからみつこうとしている蔓《つる》を思わせる。だが、この髭は職業上都合がいい。仕事で追う相手はたいていクズやろくでなしばかりで、まともな人間はほとんどいない。実際はまともな世界から逃げている者ばかりだ。

ジーンズの継ぎあてに手を触れ、膝のところにまだ残っている血の染みを見おろす。妻の血。キャシーの血だ。まだこれを穿いているなんて、正気の沙汰ではない。ジーンズを燃やせ、エイモス。普通ならそうしている。

だが、自分は普通ではない。フィールドに出て衝突して以来、普通ではなくなってしまった。

あの衝突は自分が唯一覚えていないことだった。あれがきっかけで何事も忘れられない頭になってしまったというのに、皮肉なものだ。だが、当時はスポーツ番組で繰りかえし映像が流されたらしい。全国放送のニュースでさえ、この件の特集を組んで事故の深刻さを伝えたという。数年まえにはＹｏｕＴｕｂｅにもアップされ、再生回数は八百万回を超えたそうだ。だが、自分は一度も見ていない。その必要はない。当事者だったのだ。身をもって経験した。それだけで充分だ。

それほど世間の注目を集めた事故が自分にもたらしたのは、フィールド上での心肺停止だった。それも一度ではなく二度も。

デッカーは恥じ入るようにジーンズを見おろした。腹の肉がベルトの上にせり出している。当時はいまよりもずっと痩せていた。ジーンズは洗ったが、血の染みは落ちなかった。自分の脳と同じでなくてもいいのに。ジーンズは証拠となるはずだった。押収してほしかったが、警察は持っていかず、自分もあえて提出はしなかった。だからまだ持っていて、こうして穿いている。故人をしのぶならもっと別の方法があるはずだ。愚かなのはわかっている。こんな不気味なやり方でキャシーを身近に感じなくてもいいはずだ。まるでスクービー・ドゥーのランチボックスに遺灰を入れて持ち歩くみたいだ。だが、本当は家族の死からまったく立ち直れていないというのが実情だった。住む場所もあり、仕事にも就き、ほぼ普通の生活をしているように見える。だが、まったく立ち直れていない。何をしても立ち直ることはないだろう。

デッカーは容疑者のひとりだった。この手の事件では夫はかならず疑われる。だが、容疑はすぐに晴れた。死亡推定時刻にアリバイがあったのだ。そのこともどうでもよかった。家族に指一本触れていないことは自分がいちばんよく知っていたし、まわりがそう思わなかったとしても構わなかった。

もっとも気にかかるのは、殺人犯が捕まっていないことだった。ひとりの容疑者も挙がらず、手がかりも見つかっていない。何ひとつだ。

デッカーが住んでいた地域には労働者階級の家庭が多く、みな親切で、互いに助けあって暮らしていた。あまり裕福でないため、誰もが他人の厚意を頼りにしていた。車や暖炉を直したり、板に釘を打ったり、病気の母親に代わって食事をつくったり、公共の交通機関では子どもを見守ったりといったことが、互いの信頼のもとで行われていた。

もちろん、やや柄の悪い輩も住んでいたが、ひとを殺すような類の者ではない。せいぜいバイク乗りか大酒飲みといったところだ。デッカーは自分の目で見てまわった。犯罪を捜査するのが本業だったし、家族の事件には関わらないように言われていたが、調べずにはいられなかった。だが、執拗なほどに調べても、なんの手がかりも得ることはできなかった。

こうした街では犯罪は起きやすくもあり、起きにくくもある。どの家もドアの鍵はかけておらず、近所の人々がひんぱんに出入りする。だから侵入経路は玄関だと思われた。住宅は密集しているので、何かあれば物音は聞こえるはずだ。それなのに、あの夜ボストン・アヴェニュー四三〇五番地からはなんの音も聞こえなかったという。どうやったら三人もの人間が静かに死ねるのだろうか。残忍な犯行に悲鳴すらあげなかったのか。抵抗はしなかったのか。なんでもいいから何か聞こえなかったのか。聞こえなかったらしい。銃声は？　亡霊のささやきのように消えたのだろうか。そうでなければ、この街の住民は全員、あの夜に耳が聞こえなくなったにちがいない。目も見えなくなり、口もきけなくなったにちがいない。

数カ月経っても手がかりは見つからず、なんの進展もなく、犯人逮捕と事件解決の確率はゼロに近づいていった。そのころに警察を辞めることにした。もはや事務処理をしたり、別の事件の捜査をしたり、管区内の治安を保ったりする気にはなれなかった。上層部はデッカーの退職を惜しんだが、引きとめる者は誰もいなかった。実のところ、周囲は自暴自棄になったデッカーを持て余していた。厄介者と言っても過言ではなかった。そう思われたところで、もはや何もかもがどうでもよくなっていた。

正確には、どうでもよくないことはひとつだけあった。

墓参りには毎日のように通った。三人は、デッカーが急きょ購入した墓地の一画に埋葬されている。四十代の男女と九歳の子どものために、前もって墓を用意してあるわけがなかった。だが、ある日を境に墓参りをやめた。土のなかに眠る三人に合わせる顔がないと気づいたのだ。復讐もしていない。したことといえば、遺体の身元を確認することだけだ。家族を守れなかったのに、たったそれだけしかしてやれなかった。神もあきれていることだろう。

きっと自分の行いが家族の死を招いたのだ。何年ものあいだ、多くの人々を遠ざけて生きてきた。完全に縁が切れた者もいるし、離れていった者もいた。あの事件の直前、デッカーは地元の麻薬組織を撲滅するのに尽力していた。その組織のせいで、都市部では老いも若きも、あらゆる年代の薬物中毒患者が続出していた。組織のメンバーは根っからの悪者といった感じで、ひとを手にかけるのも厭わないように見えた。こうした輩がデッカーの自宅を突きとめたのかもしれない。簡単なことだ。おとり捜査官ではないのだから、名前も住所もすぐにわかる。復讐のために刑事の妻と子どもを殺し、たまたま運悪く訪ねてきた妻の兄が巻きこまれたのかもしれない。そういう事態は充分に考えられた。だが、この組織につながるような証拠は一切出てこなかった。証拠がなければ逮捕はできない。裁判も、判決も、処刑も行われない。

自分のせいだ。罪はすべて自分にある。家族が狙われ、そして奪われてしまった。

近所の人々がデッカーのために募金活動をしてくれた。数千ドルが集まったが、銀行に貯金したまま手をつけていない。それを使うのは、亡くなった家族を裏切る行為のような気がした。だから使っていいとわかっていても使わなかった。それがなくてもどうにか生活できた。どうにか生活できればいい。もはや自分はただ生きているだけの存在なのだから。

ベンチの背にもたれかかり、コートの前をかき合わせる。ただ意味もなくここにいるのではない。

仕事をしているのだ。

左に目をやり、動きだすときが来たことを知る。

デッカーは立ちあがり、あらわれるのを待っていたふたり連れのあとを歩きだす。

3

そのバーは、これまでに訪れたことのあるほかのバーと変わらなかった。

薄暗く、ひんやりとした黴《かび》臭い空気に煙草の煙が満ちている。ぼんやりとした明かりに照らされた店内に入ると、まわりの誰もが知りあいか、少なくとも顔に見覚えがあるような気がしてしまう。あるいは忘れたい顔かもしれない。誰もがすぐに打ちとけるが、次の瞬間にはいがみ合ってビリヤードのキューで相手の頭を叩きのめしたりする。静寂が破られるまでは静寂に包まれる場所。人生の憂いを忘れるために酒を飲む場所。多くのビリー・ジョエルのなりそこないが、真夜中に誰かを口説く場所。

自分に限って言えば、何十杯酒を飲んでも何ひとつ忘れることはできない。何十杯もの酒の氷の形に至るまで、新たな記憶が刻まれていくだけだ。

デッカーはカウンター席の椅子に腰かけた。そこならバーに並ぶジム・ビーム、グレンフィデック、ボンベイ・サファイアなどの瓶の向こうにある鏡で、あたりの様子を見ることができる。

生ビールを注文し、分厚い手でジョッキを持ちながら鏡を見る。右の後方に、尾行してきた男女がすわっているのが見える。

男は四十代後半、女はその半分くらいの歳に見える。男は一張羅を着てきたようだ。ピンストライプ柄のウールのスリーピースで、黄色いネクタイには細かな青い模様が入っていて、卵子を目指して泳ぐ精子の群れのように見える。ご丁寧に同じ柄のポケットチーフまで挿している。髪を後ろに撫でつけているので、しわの刻まれた額があらわになっている。しわは男になら魅力的だが、女にとってはそうではない。不公平だが、そんなものだ。マニキュアの塗られた爪に、大きなダイヤモンドのついた指輪。盗品かもしれない。あるいは男自身と同じように、偽物なのだろう。足の爪もきれいに切ってあるにちがいない。靴は磨かれているが、裏側の手入れは忘れているようだ。裏側はかなり磨り減っていて、おそらく男の本性もそれに近いはずだ。相手に好印象を与えようとするのは最初だけで、去るときは何も気にしない。一度去ってしまえば、二度と姿を見せることはないだろう。

女の顔はまだあどけなく、頭はからっぽのように見える。美人だが、この手の女はどこにでもいる。３Ｄの映画をメガネなしで観るように、何か大事なものが欠けている気がする。なんの疑いもなく男を信じているようだ。放っておいて、勝手に痛い目に遭えばいい、とつい思いたくなる。

だが、放っておかないためにデッカーはカネをもらっている。もっと言えば、それとは逆のことをするためにカネをもらっている。

女が着ているスカートとジャケットとブラウスは、デッカーの車よりも高価そうだった。正確に言えば、かつてデッカーが持っていた車だ。当然ながら、銀行は車も差し押さえた。

女は資産家の娘だった。そのような家に生まれ、裕福な暮らしを送ることに慣れきっている。自分があたりまえのように持っているものを、なぜ誰もが必死になって得ようとしているのか理解できないのだろう。こういう類の女は、いつなんどき誰かの餌食になってもおかしくない。

いまの状況は、サメとそのエサを見ているようなものだった。男を見ていると、6という数字が浮かんでくる。汚らわしい数字だ。女のほうは4だ。退屈と無関心をあらわす数字。

ふたりは手を取りあい、キスを交わす。そして乾杯する。男はウィスキー・サワー、女はピンク・マティーニ。

偽りの関係。

デッカーはゆっくりとビールを飲んで待った。周囲に悟られることなく、ふたりを観察する。見えるのは数字だけではない。女はオレンジ色に、男は青紫に彩られている。青紫は数字の0を伴っていて、それは好ましくない数字だった。男はふたつの数字をあらわす存在だ。6と0。普通の人間には理解できないだろうが、自分にとってはあたりまえのことだ。それらは鏡に映るもののように、はっきりと自分の頭のなかに見える。

色が実際に見えているわけではない。認識しているのだ。そうとしか説明のしようがない感覚だった。学んで身につけられることではない。しかも、この感覚を得たのは大人になってからだった。なんとかこれと付きあっていくしかない。子どものころのような純粋な色彩感覚は、とうの昔に失われてしまった。

ふたりは相変わらず身体を寄せあい、手を握りあい、脚をからませ、すぐにでも昼下がりの情事にいそしむかのように見えた。女はそれを望んでいた。男は応じない。ターゲットを焦らして楽しんでいる。ことを急いてはいけないということだ。なかなかの腕前だ。これまで見たなかでいちばんではないにせよ、それに近かった。おそらく相当稼いでいることだろう。

青紫の0にしては。

男は話を切りだすタイミングをうかがっている。なんとしても得たいビジネス・チャンスへの投資。親戚を襲った不幸と経済的援助の必要性。こんなことを頼みたくはない。ひじょうに不本意だ。だが、ほかにどうしようもない。頼れるのはきみしかいない。もちろん、協力してもらえるなんて思っていない。断られて当然だ。そういった話の流れになれば、女の答えはひとつしかない。「もちろん協力するわ。何十万でも、何百万でも。パパにとっては痛くもかゆくもないもの。ただのおカネでしょ。どうせパパのものだし」

一時間か二時間後、ピンク・マティーニを何杯か飲んでから、女はひとりで店を出ていった。男は別れ際の甘いキスをもっともらしく受けいれたが、女が背を向けたとたんに表情を変える。感謝に満ちた笑顔から、勝ち誇った冷酷な笑みへ。少なくともデッカーの目にはそう映った。

ひとと関わるのはあまり好きではない。ひとりでいるのがいちばん心地いい。意味のない世間話はきらいだった。だが、避けては通れない。それをやらなければ生活費は得られない。だからなんとか自分を奮い立たせる。

出勤の時間だ。

ビールを持って男のテーブルに行き、立とうとした男の肩に大きな手を置いて座席に押しもどす。

デッカーは男の向かいにすわり、手をつけていないウィスキー・サワーに目をやる。捕食者は獲物の前では酒を飲まない。それを称賛するようにジョッキを持ちあげて言った。

「おみごとだったな。さすがプロはちがう」

男はすぐには言葉を返さなかった。デッカーをまじまじと見つめ、その身なりを見て怪訝な表情を浮かべる。

「どこかで会ったかい」男の声には険があった。「知らない顔だが」

デッカーはため息をついた。もう少し個性的な反応が返ってくると思っていたので、落胆する。「いや。知る必要はない。これを見るだけでいい」コートのポケットからマニラ紙の封筒を取りだし、男の前に置いた。

一瞬ためらってから、男は封筒を手に取った。

デッカーはビールをひと口飲んでから言った。「あけろ」

「どうしてあけなきゃいけないんだ」

「ならいい。あけるな。話は終わりだ」

取りかえそうとすると、男が封筒をさっと引っこめる。封があけられ、なかから数枚の写真が出てくる。

「詐欺師のルールの基本だ。仕事中は道草を食ってはいけない。さっきはプロだと言ってやったが、まだまだ甘いぞ」デッカーは言った。

手をのばし、写真の端を指で叩く。「この女もあんたも、もう少し服を着たほうがいい。ところで、この行為は南部では違法らしいぞ」

男は顔をあげ、戸惑った表情を浮かべた。「どうやって撮ったんだ」

お決まりの質問に、デッカーはふたたび落胆した。「あとは交渉次第だ。あんたに五万ドル払っていいと言われている。そのかわりあの子とは手を切って、別のターゲットに移ってくれ」

男は笑みを浮かべ、写真を押しもどした。「こんなもので引き下がると思うのか。だったら最初からあの女にこれを見せればいいだろう。わざわざ手切れ金を払わなくても」

デッカーはまたため息をついた。三度も落胆させないでほしかった。まったく面白くない男だ。写真をまとめ、丁寧に封筒に入れる。

「あんたはひとの心が読めるようだな。同じことをあの子の父親に言ったよ。気が合うようだ。ところで、あの子はとても信心深い。三番めの写真であんたがしていることを見て、しかも相手が女房だと知ったらどう思うだろう。じゃあ、これで失礼」

席を立とうとすると、男がデッカーの腕をつかんで言った。「痛い目に遭いたいのか」

デッカーは男の指をつかみ、力ずくで反らせる。悲鳴があがるが、充分に時間をかけてから放してやる。

「太ってはいるが、あんたの二倍は力がある。ちなみに性格はそれ以上に悪い。この仕事はハンサムである必要はないが、そっちはちがう。だから、もしも店の裏に連れていかれて顔をぶっ潰されたら、今後の稼ぎに影響が出るだろうな。そこを考えろ」

折れた指を押さえていた男の顔が青ざめる。「わかった。金を受けとる」

「よし。二万五千ドルの小切手をすぐに渡そう」

「おい、五万ドルじゃないのか」

「それは条件をすぐに呑んだ場合の金額だ。あんたはそうしなかった。半額になったのは自分のせいだ」

「汚い野郎め」

デッカーは腰を下ろし、ポケットから紙片を取りだした。「航空券だ。片道分の。国外へ出ることなく、ここからいちばん遠い州まで行ける。出発は三時間後だ。その便に乗ることが、小切手を切る条件だ。確認するための人間が空港に行っている。馬鹿な真似はしないほうがいい」

「小切手を見せろ」男は言った。

デッカーは別の紙片を取りだした。「それよりも先にこれにサインしろ」

男は紙を受けとり、視線を走らせる。「でも、これは――」

「これを見れば、あの子は二度とあんたのことを考えなくなる。最悪の思い出として残るかもしれないが。つまり、また舞い戻ってこようとしても無駄だということだ」

男は頭を必死に働かせたあと、考えを口に出した。「つまり、これにサインしないとぜんぶばらすと脅しているわけか。サインしなかったら写真を彼女に見せるし、結婚していることも知らせて、おれを追いはらおうってわけか」

「あんたはなんて賢いんだ」

男はせせら笑う。「あの手の女は十人以上いる。ずっと美人のな。あいつはおれと寝たがっていた。だが、もちろんおあずけを食わせていた。写真を見ただろう。家にはご馳走が待っている。あの女は呆れるほど馬鹿だ。たとえ信託ファンドつきだとしても、ハンバーガー並みの女には興味はない。あいつは調子のいいときだけ、かろうじてちょっとした美人に見えるだけだ。それも親父のカネに頼ったものだが」

「ミスター・マークスは一キロ離れた場所からでもあんたの姿を見つけられる。娘が気づかなくてもな。まあ、それはさておき、ジェニーは以前にもあんたのような詐欺師に騙されたことがある。もっといい相手に巡りあってもいいはずだ」

デッカーはジェニー・マークスのことも知らなければ、その恋愛事情にも興味はなかった。そんな話をしたのは、この詐欺師にしゃべらせるためだった。好きなだけ文句を言って、本音をぶちまけさせるためだった。

「もっといい相手だと？　あんな女とかかわったのが間違いだった。ジェニー・マークスなんかよりもいいカモはいくらでもいる。頭の弱い女に話を合わせるのも大変だったからな」

「呆れるほど馬鹿だとか、頭が弱いとか、本気でそう思っているのかい。あの子は学位を持っているのに」もう充分にしゃべらせていたが、つい言葉を返してしまう。

「馬鹿というのはちがうな。頭のネジが外れている」

さて、そこまでだ。

デッカーはサインの入っていない紙片を手に取り、写真と一緒に封筒にしまった。そして封筒をポケットに入れた。

「何をしている?」男は愕然として言った。

答えるかわりに、デッカーは小型のレコーダーを取りだし、再生ボタンを押した。

「これを聞いたら彼女は喜ぶだろうな。ところで、どんなハンバーガーなんだい。ビーフ百パーセント? オーガニック? それとも外れたネジの味がするとか?」

男はただ口をあんぐりとあけてすわっている。

デッカーはレコーダーをしまって片道の航空券を男の前に置いた。「これは持っていけ。かならずその便に乗るんだ。次に送りこまれる男はわたしよりもずっと大柄だ。今度は指じゃなく、あんた自身がへし折られるだろう」

男はみじめったらしく言った。「じゃあ、金はまったくもらえないのか」

デッカーは席を立った。「さっきも言ったが、あんたはなんて賢いんだ」

4

デッカーは刑務所の監房サイズの部屋でベッドの上にすわっていた。依頼人と打ちあわせをするときは、レジデンス・インの食堂のテーブルを使っている。月々の報酬には朝食ビュッフェの料金も含まれている。それはかなりの負担になっていることだろう。料理のプレートをショベルカーですくったかのようにきれいに平らげてしまうからだ。

小切手はマークスの使いの者から受けとった。警察時代の同僚が依頼人にデッカーを紹介したのだ。娘が悪い男にばかり引っかかることに悩んでいた金持ちだった。マークス本人に会ったことはなく、来るのはいつも使いの者だった。別に気にならない。きっと自宅の高級な家具をデッカーに汚されたくないのだろう。支払い日には食堂のカウンターで使いの者ふたりと会ったが、相手は千ドルもしそうなスーツを着た鼻持ちならない若者で、ここのコーヒーには一切手をつけなかった。きっとふだんはバリスタが操作する高級なマシンで淹れたダブル・エスプレッソでも飲んでいるのだろう。ふたりの表情を見ると、そのような生活を送ることがいかに素晴らしく、そのような生活を送れない人間がいかにみじめかと思っているのがわかる。その日デッカーはいちばんいいシャツを着ていった。つまり、ふだん着ていないほうのシャツだ。

マークスは娘についた悪い虫を追いはらうのに十万ドルを用意していた。デッカーは詐欺師を品定めしたあと、それよりもずっと安い金額で済むと請けあった。そしてその言葉どおりになった。かかったのは片道の航空券代だけだ。いともたやすい仕事だった。マークスの六桁に及ぶ貯蓄額の一パーセントをボーナスにもらってもよさそうに思えた。だが、マークスは最初に交わした合意書を厳密に守り、デッカーには一定の時間給しか支払わなかった。やや水増しして請求しているため、それなりの報酬にはなった。だが、一パーセントのボーナスにはかなわない。ケチくさい客だと思ったが、それこそが金持ちの金持ちたるゆえんなのだろう。詐欺師に一杯食わせられるので、やる価値はある仕事だ。おそらくジェニー・マークスは数カ月もすればまた同じ轍を踏み、またデッカーが呼びだされるだろう。父親には顧問契約を勧めたほうがいいかもしれない。

部屋を出て、ロビーのすぐ近くにある食堂に向かう。まだ朝早く、そこにいるのはデッカーと宿のおかみだけだった。老後を満喫している八十歳のジューンが、油っぽいジャガイモ料理を大皿に盛っている。

皿に料理を山盛りにしたあと、いつもの席について食べはじめようとする。フォークを口に運ぼうとしたとき、見覚えのある女が入ってきた。

同い年だから四十二歳のはずだ。だが、もっと老けて見える。仕事のせいだろう。自分もそうだった。

視線を落とし、フォークを置いて、パンケーキも含めた料理の上に塩を四往復振った。自分が巨漢なのは重々承知しているが、このたんぱく質と炭水化物の山の陰に隠れられたらどんなにいいだろうかと思った。

「久しぶりね、エイモス」

当然ながら、隠れられるわけがない。

デッカーはフォークで卵、豆、ベーコン、ジャガイモ、ケチャップを一気にすくって口に放りこんだ。口をあけたまま嚙み、それを見た相手が背を向けて帰ってくれないかと願った。

残念ながら、そうはならないようだ。

女はデッカーの前にすわった。テーブルは小さく、女も小柄だった。だがデッカーはちがう。巨漢だ。すわっているだけで、そのテーブルのほとんどを占領していた。

「元気にしているの?」

デッカーはさらに料理をほおばって食べた。視線は落としたままだ。いったいなんの用なのか。この相手からは何も聞きたくない。

「食べ終わるまで待っているわ。あなたがそうしたいのなら。時間はいくらでもあるの」

ようやく視線を上げる。女は痩せ細っている。煙草やガムを食事や酒のかわりにしているせいだ。きっと彼女が食べきれない一カ月ぶんの食事を、デッカーはこの一回で食べているにちがいない。

髪は淡いブロンドで、肌はしわとそばかすだらけだ。鼻が少し曲がっているのは、新人のときパトロール中に酔っぱらいに殴られたせいらしい。小さくて尖った顎に、不釣りあいなほど大きな口。歯並びが悪く、煙草のヤニで汚れた歯は洞窟にひそむコウモリの群れを思わせる。

器量がいいとは言えない。見た目で印象に残る女ではない。だが、バーリントン警察署では初の女性刑事として知られていた。デッカーの知るかぎり、いまだに唯一の女性刑事だ。そして自分のパートナーだった。ふたりは署の歴史上、最も多くの有罪判決につながる逮捕数を誇っていた。それを称賛する者もいれば、やっかむ者もいた。ドラマの〈刑事スタスキー&ハッチ〉にたとえる者もいた。だとしたら、自分はブロンドのほうなのか、それとも黒髪のほうなのだろうか。

「やあ、メアリー・スザンヌ・ランカスター」そんな言葉が口をついて出てきた。

ランカスターは微笑み、手をのばしてデッカーの肩をつついた。それにたじろいで思わず身を引いたが、気づかれなかったようだ。「わたしのミドルネームを知っていたなんて」

デッカーは料理の皿を見おろした。自分ができる世間話はこの程度が限界だった。視線を感じる。何も言わないが、デッカーが堕ちるところまで堕ちたという噂は本当だったと思っているのだろう。

「いままでどうしていたかは聞かない。大変だったのはわかるから」

「段ボールを出てからはここに住んでいる」つっけんどんに言う。

ランカスターは驚いたように言った。「ごめんなさい、気を悪くしないで」

「なんの用だ。忙しいんだ」

「わかったわ。話がしたくて来たのよ」

「誰から聞いたんだ」

「あなたがここにいるってことを？」

デッカーは黙って見返した。その問いが正しいということだ。

「友達の友達から聞いたの」

「そんなに友達が多いとは思わなかった」べつに笑わせるつもりはなく、デッカーは仏頂面のままで言った。ランカスターは場を和ませようと無理に笑いだしたが、意味がないことに気づき、真顔に戻った。

「わたしも捜査を専門としているのでね。調べるのは得意なの。それにバーリントンは大きな街じゃない。NYやLAとはちがう」

デッカーはまた料理を口に運んだ。頭のなかでは、色のついた数字や過去の出来事に思いをめぐらせていた。

心が閉ざされようとしていることに気づいたように、ランカスターは口をひらいた。

「あなたがつらい経験をしたのは本当に残念だわ。失ったものは計り知れない。こんなことは誰にだって起きるべきじゃない」

ふたりの視線が合う。デッカーの目にはなんの感情も浮かんでいなかった。同情に対しては何も感じない。それを望んだことは一度もなかった。おそらく、デッカーにはそういった感覚が欠けているからだろう。少なくとも、いまはそうだった。かつては思いやりがあり、家族に愛情を注いでいた。だが同情も、それ以上に疎ましいものである共感も、いまの自分には無縁なものだった。

また心が閉ざされつつあると感じたのか、ランカスターは急いで言った。「ここに来たのは、聞いてほしいことがあるからなの」

ランカスターを上から下まで観察する。言わずにはいられないので、口をひらいた。

「痩せたな。それ以上痩せそうもないのに、三キロは落ちただろう。それに、ビタミンD欠乏症になっている」

「どうしてわかるの」

「入ってきたとき、歩きかたがおかしかった。骨の痛みは典型的な症状だ」そして額を指さす。「外は寒いのに汗をかいている。それも症状のひとつだ。それと、ここにすわっていた短い時間に五回も脚を組みかえている。腎臓の調子が悪いようだ。それも関係がある」

そういった指摘にランカスターは眉をひそめた。「ちょっと、医学部にでも通いだしたの？」

「四年まえ、歯医者の待合室で読んだ雑誌に書いてあった」

ランカスターは自分の額に触れる。「たぶん、あまり陽を浴びていないからよ」

「それに、いつもロケットみたいに煙を吐いている。煙草の喫《す》いすぎにいいことはない。サプリメントを飲んだらどうだい。ビタミンD欠乏症は放っておくと深刻なことになる。禁煙もしたほうがいい。ニコチン・パッチを使ってみろ」視線を落とすと、ランカスターが席についたときに見たものがふたたび目に入った。「それと、左手が震えている」

ランカスターは左手を右手で押さえ、震えている場所を無意識にさすった。「たぶん、ちょっと神経がやられているだけよ」

「だが、射撃のときは左利きだろう。医者に診てもらったほうがいい」

ランカスターの視線が下がり、着ているジャケットの右側のわずかな膨らみにとどまる。ホルスターには拳銃が入っている。

微笑みが浮かぶ。「ほかにも何かないの、シャーロック・ホームズ？　膝を調べてみる？　指紋でもいいわ。あるいは、朝食に何を食べたか当ててみて」

デッカーはコーヒーを大きく一飲みした。「診てもらったほうがいい。何かべつの病気かもしれない。震えだけじゃないのかもしれない。悪い病気はまず手と目にあらわれるんだ。警報みたいなもので、炭鉱のカナリアと同じだ。小火器部門の定期検査は来月だろう。利き手がそんな状態じゃパスできない」

微笑みが消える。「そこまでは気づかなかった。助かるわ、エイモス」

料理に視線を落とし、デッカーは深いため息をついた。もう話すことはない。ランカスターが去るのを待つだけだ。目を閉じる。この場で眠ってしまいそうな気がした。ジャケットのボタンをいじっていたランカスターは、デッカーに視線を向けた。ここに来た本当の目的を告げるために。

「容疑者を逮捕したの。あなたの家族の事件の」

エイモス・デッカーは目をあけた。あけたままにしていた。

5

デッカーはテーブルの上に両手を置いた。

こぶしを握り、親指で人差し指を強くこする。強すぎて肌が赤くなる。

「名前は？」スクランブル・エッグの山を見つめながら訊いた。

「セバスチャン・レオポルド。普通の名前じゃないわね。でも本人はそう言っている」

デッカーはふたたび目を閉じ、自分で〝ＤＶＲ《デジタル・ビデオ・レコーダー》〟と呼んでいる脳内の記憶を探りはじめた。こうしたことができるのはこの頭の利点のひとつだった。さまざまな映像が早送りで流れ、速すぎて何も見えないようだが、保存された記憶をすべて確かめることができる。最後まで記憶を探ったが、一件のヒットもなかった。

デッカーは目をあけて首を振った。「聞いたことのない名前だ。きみはどうだい」

「わたしもないわ。でも、本人の言うことだから。偽名かもしれないし」

「身分証も持っていないのかい」

「持っていないわ。ポケットもからっぽよ。ホームレスだと思う」

「指紋は調べたのかい」

「ついさっきね。いまのところ該当なしよ」

「どうやって捕まえたんだ」

「意外なことに、午前二時に署にやって来て自首したの。これまででいちばん簡単な逮捕だった。ついさっき、わたしが尋問を終えたところなの」

デッカーは鋭い視線を投げた。「十六カ月近くも経ってから、そいつは警察にのこのこやって来て、三人の殺しを自供したというのか」

「そう言いたい気持ちはわかる。毎日起きるようなことではない」

「動機は？」

気まずそうな表情が浮かぶ。「ひとまず報告に来ただけなのよ、エイモス。捜査中なの。話せないのはわかっているでしょ」

デッカーは身を乗りだした。テーブルの大部分に身体が覆いかぶさる。刑事だったころ、署で互いのデスクにすわったまま話をするときのように、平坦な声で言う。

「動機は？」

ランカスターはため息をつき、ガムを一枚取りだして、ふたつに折ってから口に放りこんだ。三回嚙んでから口をひらく。「レオポルドが言うには、あなたに侮辱されたからだそうよ。それで腹が立ったらしいの」

「それはどこで、いつの話だ」

「場所はセブンイレブン。あの事件を起こす一カ月ほどまえのことよ。恨みによる犯行らしいの。ここだけの話だけど、あの男はしらふだったとは思えない」

「どのセブンイレブンだ？」

「えっ？」

「どのセブンイレブンだ？」

「あなたの家の近くにあるんじゃないの」

「それなら、デセールの十四番地かい」

「そこからあなたを家まで尾《つ》けたと言っていたわ。それで自宅を突きとめたと」

「つまり、そいつはホームレスだけど車を持っているということか。そのセブンイレブンに歩いて行ったことは一度もない」

「いまはホームレスだけど、当時はちがったのかもしれない。何しろ、いきなり自首してきたのよ。まだわからないことは多い」

「顔写真は？」質問ではなかった。逮捕したなら、写真と指紋をとっているはずだ。

ランカスターは携帯電話を取りだし、デッカーに見せた。小さな画面には男の顔が写っている。日に焼け、薄汚れた顔だ。髪はくしゃくしゃで髭も伸び放題だった。ある意味デッカーに似ている。

　目を閉じ、脳内のＤＶＲをふたたび再生する。最後まで行ったが、ヒットはなかった。

「見たことのない男だ」デッカーは言った。

「見た目が変わってしまったのかも」

首を振る。「年齢は？」

「不明で、本人も言わなかった。たぶん四十代前半よ」

「体格は？」

「身長は百八十センチ以上。痩せていて、針金みたいよ」

「妻の兄はわたしと同じくらいの体格で、建設現場の作業員だった。トラックをベンチプレスできるくらいの力があった。貧弱な男が素手でどうやって立ちむかったんだろう」

「それも捜査中なの。言えないわ」

黙ったままランカスターをふたたび見つめる。沈黙に語らせた。

ため息をつき、ガムを乱暴に嚙んでからランカスターは口をひらいた。「あなたの義理のお兄さんはキッチンのテーブルにいて、酔っていたということよ。自宅に侵入されたのも気づかなかった。レオポルドは彼をあなただと思ったらしいの。少なくとも背後から見たときはね」

妻の兄の喉を切り裂いたとき、その男は自分のことを殺していたつもりだったのだ。

「似ているとはまったく思わないが」

「うしろから見たのよ、エイモス。はっきり言って、このレオポルドという男は薬物中毒っぽいわ。頭のなかのエレベーターがずっと地下にいるみたいなの」

デッカーは目を閉じた。

薬物中毒で頭に壊れたエレベーターが停まっている男が、二階へ行って妻を撃ち、娘を絞め殺したのか。

目をあけたとき、ランカスターは席を立とうとしていた。

「まだ質問がある」デッカーは言った。

「もう答えられることはないわ。ここに来て話した内容だけでも、バッジを返上するに等しい行為なのよ。わかっているでしょ」

デッカーも席を立つ。そびえるように背が高く太っているので、そこにいるだけで子どもが悲鳴をあげて逃げだしそうだ。

「その男に会わなきゃならない」

「無理よ」ランカスターはすでに後ずさりしていた。それからデッカーの腰のところの膨らみに目を留めた。

「銃を携帯しているの？」信じられないといった表情で訊く。

デッカーは見られても意に介さなかった。

「警察を辞めるときに返した」

「そういうことを訊いているんじゃないの。また買えばいいだけなんだから。もう一度訊くわ。銃を携帯しているの？」

「携帯していても、ここでは法律的には問題ないはずだ」

「見せていればいいのよ。だけど、警察官でもないのに見えないところに持っているのは違法だわ」

「隠しているわけじゃない。見ればわかるだろう。きみが立っているところからでも」

「わかればいいってことじゃない。知っているでしょ」

デッカーは両手を差しだした。「じゃあ、手錠をかけてくれ。わたしをしょっぴいて、セバスチャン・レオポルドと同じ房に入れてくれ。銃は没収していい。必要ない」

ランカスターはまた後ずさりした。「早まらないで。捜査を待ってちょうだい。とにかく容疑者を捕まえたのよ。正式なやりかたで行かなきゃ。ここには死刑制度がある。やったことの報いは注射針で受けるのよ」

「そうだな。それはきっといまから十年後だ。それまでそいつは数平方メートルの部屋とベッドが与えられる。頭がおかしい奴で、弁護士の腕がよければ、精神病院の快適な部屋で一生本を読んだり、パズルをしたり、カウンセリングを受けたりできるし、不快な症状があれば自由に薬をもらえる。いまの暮らしぶりよりもいい生活かもしれない。だから罰はいますぐに下してやりたい」

「三人の殺害を認めたことを考慮しないといけないわ」

「会わせてくれ」

ランカスターは背を向け、足早に歩きはじめていた。向かう先は車の停めてあるところだろう。

途中で振りかえって声を張りあげた。「ところで、教えてあげたお礼はいらない。わからずや」

デッカーはランカスターがロビーから出ていくのを見ていた。

自分の席に腰を下ろした。誰もが〝自分の〟場所を必要とするものだ。デッカーにとってはそのテーブルがそうだった。

これまでは、朝になって目を覚ましてもなんの目的もなく、次の朝までただ生きているだけだった。

だが、これからはそうではない。

6

デッカーは部屋に戻り、携帯電話を手に取った。いわゆるスマートフォンの高い通信費を払うのは好きではないが、手軽にインターネットに接続できる環境は、巨大な図書館と大勢の調査員を安価に使うようなものだった。ニュースをチェックする。レオポルド逮捕については何も報じられていない。まだ公表していないようだ。名前で検索をかけると数件のヒットがあったものの、明らかに同姓同名の別人だった。

男は警察にやって来て、三人を殺害したと自首してきた。心神喪失を訴えたとしても、一生自由の身にはなれないだろう。はたして真犯人なのだろうか。本当に殺したのだろうか。おそらく刑事たちは簡単に判断しているだろう。数多くの犯罪を見てきた者の目は肥えている。レオポルドというのが本名かどうかわからないが、尋問すればすぐに本物か、あるいはなんらかの理由で嘘をついているかを見抜けるだろう。

もしその男が真犯人だったらどうするか。裁判の手続きなど無視して殺すべきだろうか。そうすれば自分が刑務所に入ることになる。だが、もし真犯人でなかったとしたら、振りだしに戻ってしまう。

ひとまず、いまできることは何もない。少なくとも建設的なことは何もできない。

レオポルドは取り調べの結果によっては正式に告発されるか、あるいは釈放される。勾留が続けば起訴されるということだろうし、なんらかの申し立てがあればすぐには起訴されない。多くの被告人は、まともな弁護士を雇うカネがないとか、有罪を認めるとか、あるいはその両方で情状酌量を求めてくる。裕福な被告人はみな一様に、勾留されているあいだになんとかしようと奮闘する。失うものが多いからだろう。

だが、検察側は甘くない。隙あらば有罪をひとつでも勝ちとろうとしている。裁判になるのなら、デッカーは毎日法廷に行くつもりだ。一分たりとも見逃さない。男をこの目でとらえ、臭いを嗅ぎ、じっくりと見きわめたい。

ベッドに横たわる。一見眠っているようでも、まったく眠れない。過去を思いだしていた。かつての自分と、いまの自分。意識しなくてもそういったことを考えてしまう。たいていは自分の意思ではどうにもならない。脳がひとつの生き物であるかのように、勝手に動きだすのだ。

わたしはエイモス・デッカー。四十二歳だが、十歳は老けて見える。それも調子のいいときだけで、この四百七十九日のあいだ、そんな日は一度もなかった。実際は一世紀も年を取った気がする。かつては巡査で、その後は刑事になったが、いまはもう警察の仕事には就いていない。わたしは超記憶症候群で、どんなことも忘れることができない。それはたとえばカードを並べた順序に規則性を見出すというような、訓練して得られる記憶のテクニックとはまったく異なる。脳にターボエンジンがついたようなもので、誰もが持っていながら使っていない脳の領域が解放されてしまっているのだ。超記憶を持つ人々は世界中でもかぞえるほどしかいない。わたしはその数少ないひとりだ。

感覚もなんらかの影響を受けているようで、数字に色が見えたり、時間が頭のなかで絵のように見えたりする。そして、とつぜん頭に色が浮かんでくることがよくある。これは共感覚と呼ぶらしい。数字に色が見え、脳内に時計があるかのように時間も知ることができ、ときには人々や物に色が伴っていることがある。

共感覚の持ち主には自閉症やアスペルガー症候群が多いという。わたしはそうではない。それでも、とにかく誰ともかかわりたくなかった。ユーモアのセンスはもはや持ちあわせていない。二度と笑わないと決めたせいかもしれない。

かつては普通の人間だった。あるいは、限りなくそれに近かった。

だが、いまはちがう。

携帯電話が振動した。画面を見ると知らない番号だったが、べつに珍しくない。私立探偵の仕事を始めたとき、あちこちに電話番号を残してきたからだ。いまは仕事のことは考えたくないが、支払いをしてくれる依頼人を無視するわけにもいかない。たとえ掃きだめに身を置くような仕事でも、これを失ったら段ボールで暮らす生活に逆戻りだ。もうすぐ冬がやって来る。寒さをしのぐための贅肉《ぜいにく》はたくさんあるが、紙よりもしっかりとした屋根がほしいのは事実だった。

「デッカーだ」電話に出る。

「ミスター・デッカー、わたしはニューズ・リーダー紙のアレックス・ジェイミソンといいます。ご家族が巻きこまれた事件の進展について、お話をうかがいたいのですが」

「この番号を誰に聞いたんだ」

「友達の友達からです」

「そのせりふを聞くのは今日二回めだ。何度も聞いて気分のいい言葉じゃない」

「ミスター・デッカー、あれからもう十六カ月経ちました。警察がついに容疑者を逮捕したという話をどこかから聞いていませんか」

「なぜ逮捕したとわかる」

「わたしは警察担当なんです。つてがあります。確かな情報源から、容疑者が身柄を拘束されていることを聞きました。詳細をご存知ではないですか。そうであれば――」

通話終了ボタンを押し、相手の声が途切れる。すぐにまた振動したので、電源を切った。

刑事だったころもメディアは好きではなかったが、たまに少しだけ役に立つこともあった。だが、私立探偵となってからはなんの用もない。いずれにせよ、家族が〝巻きこまれた〟事件について自分が語ることはない。

外に出て通りでバスに乗り、さらに乗りかえてダウンタウンに向かった。高層ビルがいくつか見えるが、ほとんどは中層か低層のビルで、よく管理されているものもあれば、そうでないものもあった。道は碁盤の目のようにきっちりと交差し、まっすぐに伸びている。ダウンタウンに来ることはあまりなかった。凶悪な犯罪は街の北部や郊外で起きることが多いのだ。だがデッカーが働いていた管区はここであり、逮捕された者もここに留置されている。

足を止め、通りの向かいにある長年通っていたビルを眺める。第二分署。厳密に言えば、かつての第一分署が焼失してしまったので、いまはここが第一のはずだった。だが、わざわざ番号を振りなおす者はいなかった。予算がないのだろう。

このビルは四十年以上まえの名誉署長、ウォルター・ジェイムズ・オマリーにちなんで名づけられた。オマリーはバーを出たところでばったりと倒れ、愛人に抱えられたまま息絶えたらしい。それでもビルに名前をつける計画は進められた。つまり、愛人をつくっても経歴には傷がつかないということだ。

かつての同僚たちは三階にいる。自分の席があった場所の窓から同僚の姿が見えた。あのころは、オフィスの狭苦しい一画で向かいにすわっていたランカスターを見ているか、窓から外を見ているかのどちらかだった。留置場は地下にあり、通りに近いほうに設置されている。つまり、セバスチャン・レオポルドは十五メートルも離れていない場所にいるのだ。

家族を殺したかもしれない者にこれほど近づいたのは初めてだ。だが、初めてではないのかもしれない。自分がその男をセブンイレブンで侮辱したのであれば。

ふたりの刑事とひとりの制服警官の姿が見え、見覚えがあったので背を向けた。警察を辞めてから外見はかなり変わったが、まったく気づかれないとは言いきれない。狭い路地に入り、壁にもたれかかった。不安が高まっていく。頭痛が襲ってきては去る。休むことなく脳が動いているため、頭が疲れきっているのだ。眠っているときでも動いている。無意識のときでも意識があるようなものだ。何事も忘れられない者にとって、そうなるまえの自分を思いだすことはむずかしかった。どうやっていまの自分になったのかということも。

デッカーは目を閉じた。

その〝力〟はわたしが二十二歳のときに身についた。

大学ではそれほど飛びぬけて優秀なフットボール選手ではなかったが、NFLのチームにどうにか入団することができた。技術は並みだったが、肩の強さには自信があった。プレシーズンに死に物狂いで努力し、なんとか一軍に入って開幕戦を迎えることができた。しかもスタメンだ。役割は単純なものだった。身体を犠牲にして相手チームを押しとどめ、自分のチームに勝機を与えること。だから必死で走った。鼻水や涎が流れるのも構わず、死に物狂いで走った。絶対に成功して巨額の年俸を手にしたかった。それが目標だ。どんな相手でも倒してやるつもりだった。

覚えているのはそこまでだった。ルイジアナ州立大学出身の新人、ドウェイン・ルクロワはわたしよりも十センチ背が低く、体重は二十キロは軽かったが、それなりの強さがある選手だったのだろう。ふいにくらったタックルで、わたしはフィールドに倒れこんだ。と言うよりも、吹っ飛ばされたらしい。その後四年のあいだに、ルクロワは両膝の軟骨を損傷し、肩もぼろぼろになって引退を余儀なくされ、経済的にも追いつめられていった。いまはシュリーヴポートにある重犯罪刑務所に、重い罪を犯して収監されているらしい。遅かれ早かれ、そこで死ぬことになるのだろう。だが、この日は勝ちほこったように拳を突きあげ、決闘に勝った雄鶏のように歩き去っていった。そしてわたしはフィールドに倒れたまま残された。

その衝突のあと、何もかもが変わってしまった。
ひとつ残らず。

7

通りの向こうが騒がしくなり、デッカーは目をあけた。急ブレーキを響かせて何台もの車が停まり、いくつものドアがあけられる。サイレンも鳴っている。叫び声、金属のぶつかり合う音。地面を蹴る重い靴音。

路地から通りの向こうを見ると、署のガレージから何台ものパトロール・カーがサイレンを鳴らして走り出てきた。正面の入口からは制服警官や刑事たちが慌ただしく出てきて、パトロール・カーやその他の車に次々と乗りこんでいく。

ＳＷＡＴの大型のヴァンが署に停まったかと思うと、すぐにまたエンジンを鳴らして発進し、鋼鉄のサイのように走り去っていった。

デッカーは少しずつ通りへ近づき、何事かと集まってきた野次馬たちに加わった。ほかの者たちの話に耳を傾けてみたが、何があったのかを知る者はなく、誰もがただ驚いているばかりだった。

急いで通りを渡ると、署から出てくるひとりの男が目に入った。

「ピートかい」デッカーは言った。

声をかけた相手はスーツ姿で、袖に何かの染みがついていた。ピートは六十代前半で定年退職も近いはずだ。やや背中が丸くなり、撫でつけられた髪には白いものが交じっている。足が止まり、視線がこちらに向けられる。ピート・ルークは拳銃を手に持ち、弾倉をチェックしながら言った。

「エイモスか？　こんなところで何をしている」

「通りかかっただけだ。いったい何があった」

ピートは青ざめ、いまにも倒れそうに見えた。

「マンスフィールド高校が襲われた。狂った奴が銃を乱射したらしい。かなりの死者が出たんだ、デッカー。犠牲者はほとんど生徒だ。もう行かないと」そこで顔をゆがめる。「わたしの孫が通っているんだ。まだ一年生なのに。もしものことがあったら……」

ピートは背を向け、よろよろと車に向かっていった。そしてベージュ色のシボレー・マリブに乗りこみ、エンジンをかけて走り去っていった。

デッカーはピートが去るのをただ見ていた。乱射事件のあった高校に大勢の警察官が駆けつけていく。マンスフィールド高校にはデッカーも通っていた。大昔のことのように思える。

サイレンの音が遠ざかり、デッカーは周囲を見まわした。野次馬は徐々に減っていき、みなそれぞれの日常に戻っていった。携帯電話でニュースをチェックしている者も多い。デッカーもチェックしてみたが、事件はまだニュースにはなっていなかった。たったいま起きたことなのだ。だが、いずれメディアはこの事件で持ちきりになる。少なくとも次の乱射事件が起きるまでは。次があれば、メディアはそっちに飛びついて騒ぎたてるだろう。

またその次が起きるまで。

デッカーは署の入口のドアを見つめた。どれだけの職員がビルに残っているのだろう。誰もいなくなるということはない。留置場には重罪を犯したかもしれない容疑者がいるのだ。

腰のホルスターに入っている銃に服の上から触れる。このままだとまずい。入ったらすぐに金属探知機がある。あたりを見まわすと、ビルの隣にごみ箱があるのが目に入った。そこへ歩いていって蓋をあけてみる。ごみは四分の一も入っていない。確か、ごみの回収車は週末まで来ないはずだ。なかにはぼろきれが入っていた。銃を取りだし、ぼろきれに包んでごみ箱のなかに入れる。

自分の服を見る。これもまずい。ふと、近くにあるショーウィンドーが目に留まる。確かあの店で服を買ったことがあった。かなり昔に。

グレイディー・ビッグ&トールサイズ専門店。

ビッグでトールな自分にぴったりだ。いまは身長よりも横幅のほうが大きいが。

財布からクレジット・カードを取りだす。限度額があったはずだ。かなり低い額の。だが、たぶんそれで充分だ。

店に入ると、ドアのベルがカランと鳴った。

身なりのいい太っちょの店員が近づいてきたが、デッカーを見ると一歩下がった。

「何かご入り用でしょうか」ホームレスが強盗に入ってきたと思われたのかもしれない。

デッカーは札入れを取りだし、私立探偵のバッジをちらりと見せた。一瞬のことだったので、何か別のものに見えたかもしれない。通りの向こうにある署のほうに視線をやり、何かうまい作り話ができないかと考えた。嘘をつくのは得意ではない。あの事故を経験してからは、脳がすっかり変わってしまい、真実でないことを話すのはむずかしくなってしまった。急に警察時代が恋しくなり、いまの現実から目をそらしたくなる。だが、警察官だって犯罪の世界に足を踏みいれれば、嘘のひとつやふたつは必要になる。刑事や私立探偵ならなおさらだ。それが無理ならこんな仕事はできない。そこでようやく、通用しそうな話を思いついた。

完璧に嘘をつき通してやる。

「任務がかなり長引いてね。ようやくひと息つける。ネズミどもを追うにはこんな格好をしなきゃならなかった。そろそろまともな人間に戻りたい。わかってもらえるかね」

　店員はデッカーの視線が署に向けられているのを見て、それからうなずいた。緊張が解けたようだ。微笑んでさえいる。

「ええ、以前にもそういう方がいらっしゃいました」店員は心得たように言う。「バーリントン警察署からは多くのお客さまが来店されます」

「まえにも買いに来たことがあってね」

「ええ、覚えておりますとも」店員は調子を合わせる。

　デッカーは次々に服を手に取った。３Ｌでエクストラ・ロングのジャケット。ＸＬのズボンはなんとか入ったが、多くの太った男と同じようにズボンの腰のところから肉が垂れさがってしまう。ベルトは買わないことにする。ズボンが下がってくる心配はまずないだろう。運のいいことに、足はかなり長いので裾上げは不要だった。マンモス・サイズのシャツ。安物だがそれなりに見えるネクタイ。三十一センチの靴。合成皮革なので、足が締めつけられる。だが、気にしなかった。

「ブラシと電動カミソリなんて置いてあるかね」

「あちらの洗面用具売り場にあります」

「ブリーフケースは？」

「こちらの雑貨売り場です」

すべてカードで支払った。デッカーが頼むと、店員は店の備品だったノートとペンも渡してくれた。

「予算がどんどん削られていてね。ペンも買えないようじゃ、どうやって市民の安全を守ればいいのか」

「それは嘆かわしいことです。世知辛い世の中ですからね。ところで、タイピンやポケットチーフはいかがです」

デッカーは買ったものすべてをトイレに持ちこんだ。顔を洗い、制汗剤を身体に塗り、電動カミソリで髭を剃る。鼻の下と顎に少しだけ残しておいた。髪も切って整え、買ったばかりの服と靴を身につけ、脱いだものを店の袋に入れた。

袋を持って店を出て、ふたたび署に向かう。ネクタイは首を締めつけ、肌寒いというのに制汗剤を塗った脇には汗がにじんでいる。それでも、これまでとはまったくちがって見えるはずだ。警察に勤めていたときでさえ、ここまできちんとした格好はしていなかった。

さっきのごみ箱に袋を入れ、警察署の入口に続く階段をのぼる。馬鹿げた行動だと思う。どうかしている。警察を辞めたのはそんなに昔ではない。ピート・ルークのように、自分に気づく者がいるかもしれない。だが、構わなかった。まったく気にならなかった。ここには自分の獲物がいる。絶対に逃したくない。

金属探知機をパスする。入口のホールはひとりの制服警官が警備していた。見覚えのない顔で、それは向こうも同じだったようだ。

いい兆候だ。

受付に向かう。すわっている年配の女は制服を着ていない。一般市民のようだ。制服警官を受付にすわらせるほど、人手に余裕があるわけではなさそうだ。

考えておいたシナリオを頭に浮かべながら、女を見おろした。女がこちらを見あげる。デッカーの巨体に驚いたのか、目が丸くなる。

「ご用件をおうかがいします」女は言った。

「留置場にセバスチャン・レオポルドという男がいるだろう」

戸惑ったように女が目をしばたたく。「すみませんが、なんのことか――」

「話をしたい」

「失礼ですが、お名前を――」

「彼には弁護士が必要だ。まだ誰にも決まっていないそうじゃないか」

「さあ、こちらでは――」

「憲法修正第六条、弁護人の援助を受ける権利。それは奪われるべきじゃない。ほんの数分でいいから会わせてほしい」

「それじゃ、電話で確認を――」

「必要ならそうすればいい。だが、どうせたらい回しにされるだけだ。すぐに返事がもらえないなら、とにかく数分だけ会わせてほしい」

デッカーはブリーフケースを持ちあげ、叩いてみせた。「まもなく罪状認否手続が行われる。答弁の準備をしなくちゃならない。すでにまとめてある」

「お掛けになってお待ちください」

周囲を見まわすと、金属探知機のところに制服警官が立っている。こちらをじっと見ている。あまりいい兆候ではない。

弁護士を装うためだけになけなしの金を浪費してしまったが、構わない。壁に固定された椅子にすわって待つことにした。女は受話器を取りあげ、やけにゆっくりと数字のボタンを押しはじめた。

数字。いつもそこには数字がある。

数字には催眠術のような効果があり、デッカーの意識はいつも望まない場所へ飛ばされてしまう。

目を閉じると、意識が巻きもどされていく。あの日に、いや、あの瞬間に。自分の人生が永遠に変わってしまったあのときに。

8

巨大スクリーンであのタックルがリプレイされるたび、観客は大歓声をあげる。それが何度も繰りかえされたことを、あとになって聞いた。わたしのヘルメットは一・五メートル吹きとばされ、さらに二メートル転がっていった。審判がそれを拾い、頭がついたままではないかと中身を確認したことだろう。

窓ガラスを突きやぶろうとする小鳥のように、脳は頭蓋骨に激しく叩きつけられた。そのあいだも巨大スクリーンに何度もリプレイが流れ、観客は大歓声をあげ、口笛を吹いて喜んでいた。

やがて歓声がやんだ。わたしは起きあがらない。ぴくりとも動かない。呼吸が止まり、顔が青ざめていることに誰かが気づいた。ヘッド・トレーナーが鉄板に穴を穿つような勢いでわたしの胸を圧迫し、口から息を吹きこんだ。聞いたところによれば、わたしは二回心肺停止となり、二回ともヘッド・トレーナーがあの世から引きずり戻してくれたらしい。わたしの耳の近くでこう叫んでいたそうだ。「死ぬな、95番。絶対に死ぬな」名前を覚えてもらえず、背番号で呼ばれる程度の選手だったのだ。わたしのプロのフットボール選手としてのアイデンティティは、胸にプリントされた9と

5の数字だった。9と5。わたしにとっては紫と茶色だ。意図的に数字に色を当てはめたことはない。脳が勝手に動き、断りもなく当てはめるのだ。

あの事故がわたしのすべてを変えた。脳が完全にこれまでとちがうものになってしまった。死の淵を二回さまよい、まったくの別人として戻ってきたのだ。長いあいだ、それが自分の人生で起きた最悪の出来事だと思っていた。だが、あの夜がやって来た。三人の死体と鮮やかな青。フットボールの事故は大差をつけられて、人生の悲惨な出来事の第二位に転落していった。


「あの、すみません」

目をあけると、ひとりの女がこちらを見おろしていた。受付の女ではない。ずっと若く、二十代後半くらいに見える。黒のスラックスと水色のブラウスという格好で、ボタンは上からふたつめまで外されている。顔色がよく、明るい雰囲気をまとっている。きっと入ったばかりの新人だ。一年後にはすっかり変わっているだろう。あるいは半年かもしれない。犯罪者の相手をしていると、紫外線を浴びるよりもずっと早く老けていく。

首から下げているＩＤカードに目をやる。

サリー・ブリマー。広報部。おそらくデッカーが辞めたあとに入ってきたのだろう。

いまのところ、運は味方してくれている。

完璧に嘘をつけ、エイモス。絶対にできる。やらなきゃならない。一言一句が重要だ。あとで蒸しかえされるのは確実だからだ。一言一句——さあ、始めろ。

デッカーは立ちあがり、手を差しだした。「どうも、ミズ・ブリマー」

握手を交わす。デッカーの手でブリマーの手は隠れてしまった。てのひらが汗ばんでいるが、怪しく思われないように願うしかない。

「セバスチャン・レオポルドと面会をご希望だと聞きました」

「ああ、そのとおりだ。彼には弁護士が必要だ」

「どちらからここの情報をお聞きになったんですか」

一瞬まごつきそうになったが、脳内のＤＶＲを再生し、答えを考えだした。

「ニューズ・リーダー紙のアレックス・ジェイミソンと知りあいでね。ご存知かな」

「ええ、知っています。とても優秀な方ですよね。あのひとならもう情報をつかんでいるかも。ところで、あなたは弁護士さんということでいいのかしら」

デッカーは一枚の名刺を差しだした。そこには市内の反対側の住所が書かれている。実際にある法律事務所の住所だ。

ブリマーは名刺を手に取って見たあと、返してきた。「いま、緊急事態が起きてまして」

「そのようだね。来るときにピート・ルークに会ったんだ。マンスフィールド高校か。ピートの孫が行っている高校だ。無事だといいんだが」

「ピートをご存知なんですね」

「長い付きあいだ」

ため息をつき、ブリマーは周囲を見まわした。「わたしは面会を許可できる立場ではないんです」

「またの機会でも構わない」そう言って、返事を待たずにつけ加える。「だが、四十八時間以内に送致しないと、レオポルドは釈放される。それでも問題ないなら」

「いいえ、それはまずいです。ただ――」

言うべきせりふがはっきりと頭に浮かんでくる。台本を読んでいるかのようだ。

「代理人なしで送致したり、代理人が準備不足だったりしたら、正しい判決が下されず、警察の尻に火がつくことにもなりかねない。失礼、品の悪い言葉だったかな。そういった事態はそちらも望まないだろう。法律の専門家なら、それを避けることができる」

ブリマーは半分ほどうなずきかけていた。

「数分でいいということでしたね」

「そのとおりだ」

それでもブリマーの目にはためらいの色が浮かんでいる。かかわりたくない、許可して何かあったらどうすればいいのか、という迷いが見てとれる。

嘘をつけばつくほど、デッカーの不安も高まる。息を大きく吸い、喉にこみあげた苦いものを飲みこみ、息をゆっくりと吐いた。「ほんの数分だ。そうしたら出ていく。彼もあとから文句は言わないはずだ」

最後の言葉は本気だった。

「なんの罪で捕まっているか、ご存知ですか」

「ああ、よくわかっている。どんなに冷酷な犯罪者でも、代理人をつける権利はある。もし有罪になれば、静脈注射で死刑になり、苦情ひとつ言えなくなる。それは確かだ」

真実を知れば自由になれる、エイモス。

何かが吹っ切れたかのように、ブリマーの顔からためらいが急に消えさっていった。

「わかりました。こちらです」

デッカーはあとをついて歩きはじめた。

9

廊下の角を曲がると、檻に入れられたネズミのような男の姿があった。すぐに手を出してはいけない。きちんと確かめる必要がある。

「あれが彼です。長くても十五分で終わらせてください」

「充分です」

そこにいる男には、やはり見覚えがなかった。刑事を十年やっていたので、制服警官が担当するような輩とは顔を合わせなかったせいかもしれない。

「あけてください」ブリマーは看守に言った。

鍵が取りだされ、扉があけられた。デッカーは房に入って男を見おろした。猫のようにじっと二段ベッドの端にすわっている。

「十五分です。いいですね」

デッカーはうなずいたが、振りむかなかった。ヒールの靴音が遠ざかっていく。看守が廊下の奥にある机に戻るのを待ってから、前へ進み、その男を観察する。

セバスチャン・レオポルドは、ランカスターから聞いていたほど大柄ではなかった。あるいは、自分が大きくなりすぎたのかもしれない。

オレンジ色の囚人服を着せられている。手枷と足枷がつけられ、腰から伸びたチェーンは壁に固定されている。もしデッカーに危害を加えようとしたら、正当防衛で簡単に殺せてしまう。

レオポルドの首がまわり、こちらを見る。デッカーのことを認識したような表情があらわれるのを待った。だが、何もあらわれない。家族を殺すほどの強い恨みを持たれているはずなのに、妙だった。

目は充血し、瞳孔はひらいている。薬物検査のための検尿は済んでいるだろう。DNAを取るために頬の内側をこすられ、アルコールの呼気検査もされているはずだ。囚人服は半袖で、腕があらわになっている。右腕には二頭のイルカのタトゥーが入っている。興味深い。

薬物を使用したような注射針の痕も見られる。比較的新しい。ここに来るまえにも打ってきたのだろうか。そして三人の殺しを自白したというのか。そうでもしないと自白などできないということなのだろうか。

左手の指が一本、第一関節から上がなくなっている。顔には傷もある。鼻はつぶれ、左に十度ほど傾いている。手は皮膚が厚く、ごつごつしている。肉体労働をしていたようだ。

この手がモリーを自分から奪ったのか。

「ミスター・レオポルド？」
相変わらず、焦点の合わない目がこちらに向けられている。少なくともそのように見える。
まだ、こちらが何者か気づかないようだ。髭や髪を整え、身ぎれいにしたので、十
七カ月まえにセブンイレブンでこの男を侮辱した刑事に見た目は近づいているはずだ。
男の顔を観察し、脳内のDVRを再生しはじめる。次から次へと記憶が切りかわり、
この男と出会った正確な場面を思いだそうとする。日付をさかのぼっていき、それら
しき日時に近づくと慎重になる。ランカスターによれば、事件の一カ月まえというこ
とだった。その前後一週間も念のために思いだしてみる。
DVRが回りつづけ、一時間ごと、一分ごとの記憶を精査する。対象の期間には、
三回セブンイレブンに行っていた。
セバスチャン・レオポルドの姿はなかった。
DVRの再生を停め、壁に埋めこまれた椅子に腰かける。
「ミスター・レオポルド」低い声で呼びかける。「わたしが誰だかわかるか」
聞いているようだが、何を言われているかわかっていないようだ。
「わたしが誰だかわかるか」
レオポルドは首を振った。

それから両腕を振りまわしはじめた。デッカーはその奇妙な動きを見つめた。

「きみには弁護士が必要だ」デッカーは言って、ブリーフケースを叩いてみせる。

レオポルドは手を止め、うなずいた。

デッカーはノートとペンを取りだした。

「あの夜に起きたことを話してくれ」

「どうしてだ」

声が警戒するような調子だったので、デッカーは少し驚いた。多くの犯罪者を尋問したことがあり、その多くが起訴された。誰もが頭が鈍く、馬鹿馬鹿しい理由で罪を犯していた。だが、なかにはとても賢い者もいる。レオポルドはそのひとりなのだろうか。

「きみを弁護する必要がある。三人の殺人について自白したんだろう」

「おれは有罪だ。おれがやったんだ」

「それでも弁護士をつける必要がある」

「どうしてだ」

「そういう法律になっているからだ。だから事実を知りたい」

「どうせ死刑になるんだろ」まるでお仕置きを受ける子どものような口調だ。警戒していた容疑者から少年に変わってしまったみたいだ。薬物のせいなのだろうか。急に気分がころころ変わるのだろうか。

「死刑になりたいのかい」

「おれが決めることじゃない」

「そのとおりだ。それを決めるのは判事と陪審員だ。だが、準備はしなくちゃならない。事件のことを話してくれないか」

腕時計を見ると、四分が過ぎていた。自分の顔を覚えている誰かが通りかかるかもしれない。房のドアに背を向けた。

「おれが殺したんだ」レオポルドは言った。視線はこちらに据えられている。デッカーが何者であるかに気づいた表情が浮かぶのを待った。そうなれば、どうしてやろうか。娘がされたように、絞め殺してやろうか。

レオポルドはまた腕を振りまわしはじめた。見えないオーケストラを指揮しているように見える。しばらくそれを見てから、ふたたび声をかける。

「なぜそんなことをしたんだ」

「あいつがおれを侮辱したからだ」

「あいつとは？」

「あいつだよ。あの家に住んでいた男だ」

「どんなふうに侮辱したんだい」

「とにかく侮辱された」

「だから、どんなふうに？」

「おれに敬意を払わなかった」

「きみは店員だったのかい。それとも客として行っていたのかい。デセールのセブンイレブンに」

その質問には答えず、レオポルドは言った。「とにかく、仕返しはしたってことだ」

「どうやって」

「家族を殺してやった」

「その男の家をどうやって突きとめたんだ」

「あとを尾けた」

「どのように？」

レオポルドの目に警戒の色が浮かんだ。それまでに見たことのないものだった。

「あんたにそこまで話さなくてもいいだろ。警察か？　おれをはめようっていうのか」

「ミスター・レオポルド、きみは自白したんだ。はめたりする必要はない。わかるかい」

レオポルドは目をしばたたき、首をさすった。「ああ、わかる」

「それと、わたしは警察じゃない。で、きみはその男を尾けた。どのように？」

「どのようにって、何が聞きたいんだ」

「車か、徒歩か、自転車か」

「自転車なんか持ってない」

「じゃあ、車かい」

「自転車もないのに、車があるわけないだろ」

「それじゃ、徒歩ということかい」

　レオポルドはゆっくりとうなずき、デッカーをじっと見つめた。反応を見ているのだろう。

　デッカーはノートにメモを取った。地下の留置場は冷えこんでいるのに額に汗がにじみ、手で拭う。もしここにいるのが見つかったら、自分が留置場に入ることになるだろう。それに、ひとと話をするのは苦手なので、少しでも早くこの場を去りたかった。それでもやらなければならない。これがたった一度のチャンスかもしれないのだ。

「つまり、きみは〝あいつ〟の自宅を突きとめ、家族を殺すことを計画した。だが、一カ月待った。どうしてだい」

「一カ月も待ったなんて誰が言った？」

「警察にそう話したそうじゃないか」

レオポルドが壁にもたれかかり、ネズミが壁の割れ目にもぐりこもうとする。だが、隠れられるほどの大きさはなかった。

「ああ、そのとおりだ。計画を立てなきゃならなかった。家やまわりの環境を下見したりしていた」

デッカーはタトゥーに目をやった。「海軍にいたのはいつごろなんだい」

レオポルドの目つきが鋭くなる。「海軍にいたなんて誰が言った？」

タトゥーを指さす。「二頭のイルカ。水兵がよく入れるタトゥーだ。そこに入れたのは、軍服を着たときに見えないようにするためだ。規則があるから」

レオポルドは裏切り者を見るような目でタトゥーを見おろした。

「おれは海軍には入っていない」

「それで、下見をしてから、あの夜にそこへ行ったわけだ。詳しく聞かせてくれ」

物音がしたので、デッカーは振りむいた。だが、看守が廊下を歩いているだけだった。頬ににじんできた汗を拭う。

「詳しく？」

「そこへ着いた瞬間から、そこを去る瞬間までを再現してほしい。まずはどうやってそこへ行ったかだ」

「歩いて行った」

「住所は覚えているかい」

レオポルドは一瞬口ごもった。「二階建てで、外壁は黄色、家の脇に駐車スペースがあった」

「どうやって侵入したんだい」

「キッチンに続くスクリーン・ドアからだ」

「室内のことを何か覚えていないかい」

「ただのキッチンだ。コンロがあって、食器洗い機があって、テーブルと椅子があった」

「壁の色は覚えているかい」

「いや」

ふたたび腕時計を見る。急がなければならない。一秒ごとに焦りがつのる。

「最初に殺したのは誰なんだ」

「男だよ。おれを侮辱した奴だと思ったんだ。でも、ちがったみたいだ」

「なぜ、ちがうとわかったんだ」

「新聞で写真を見たからだ」

「続けてくれ」

「そいつはキッチンのテーブルにいた。酒を飲んでいた」

「なぜ飲んでいるとわかったんだい」

レオポルドは顔をあげた。明らかにいらだっている。「なんでそんなに質問ばかりするんだ」

「警察がそうするからだ。裁判でも同じだ。陪審員もこういったことを知りたがる」

「自白したっていうのに」

「それでも色々と訊かれるのは避けられない」

レオポルドはショックを受けたようだった。「なぜだい」

「判決を正しく見せるためだ。それで、どうして酒を飲んでいるとわかったんだい」

「テーブルにビールの瓶があったからだ」

「どうやって殺したんだ。きみよりずいぶん大柄な男だそうじゃないか」

「あいつは酔っていた。ナイフを取りだして、切りつけてやったのさ。ここを」そう言って首を指さす。

「遺体は隣の部屋から見つかっている」

「ああ、そうらしいな。切りつけられてから、這《は》っていったんだ。やたらと血を流していた。そのうち動かなくなった」

「物音をたてたりしたんじゃないかい」

「ああ、でもそんなに大きい音じゃない」ふたたび首を指さす。「ここをやられたんだ。そんなに動けるわけがない」

「相手が着ていた服は覚えているかい」

レオポルドは無表情なままで答えた。「かなりまえのことだからな。ズボンとシャツだったか」

「それからどうしたんだ」

「家族がいることを知ってた。だから殺しに行った」

「詳しく聞かせてくれ」穏やかに言ったものの、心のなかは穏やかどころではなかった。鼓動は速まり、まるで身体中に小さな心臓が散らばっているかのように、全身が脈打っていた。

あと少し待て、エイモス。待つんだ。

「階段をのぼった。最初の部屋は、廊下の、確か――」

「左側かい」

レオポルドはデッカーを指さした。「そうだ。左側だ」

「それから？」

「それから、その部屋に入った。女はバスルームに――じゃなくて、ベッドにいた。そうだ、ベッドだ。いい女だった。ネグリジェを着ていた。はっきり見えたんだ。あれは色っぽかった」

デッカーは椅子の角を強く握りしめ、レオポルドを見据えた。妻はレイプされてはいなかった。それは確かだ。だが、別のことをされていた。

「明かりはついていたのかい」

「えっ？」

「ネグリジェがはっきり見えたと言っただろう。明かりがついていたんじゃないのかい」

戸惑ったような表情が浮かぶ。「いや、ついてなかったと思う」

「それから？」

「女の近くに立った」

「ベッドで横になっているところへ？」

レオポルドが睨みつける。「おい、話をさせてくれよ」

「すまない。続けてくれ」

「拳銃を手に持っていた。それを女の額に突きつけて、撃った」

「拳銃の種類は？」

すかさず答えが返ってくる。「四十五口径のスミス&ウェッソンだ」

「どこで手に入れたんだい」

「ある男から盗んだ」

「その男の名前はわかるかい」

レオポルドは肩をすくめる。

「続けてくれ」

上のほうで、ドアがあいて誰かが入ってくる音がする。高校から戻ってきた警察官がいるようだ。

「それで、女を撃った。いや、待て。女は目を覚ました。起きあがって、悲鳴をあげはじめた。それから撃ったんだ。それで、あの女はベッドから落ちた」

「床に落ちたのかい。全身が？」

警戒したような視線が向けられる。「落ちなかった部分もあるかもしれない。足とか腕とか」

「それから？」

そのあとに起きたことは最も重要だった。報道はされていない。キャシーが受けた傷は頭の銃創だけではない。検死のときにべつの傷が発見された。

レイプされてはいなかった。だが、陰部が切りとられていたのだ。

「娘がいるのを知っていた。だから廊下の先にある部屋に行った。娘は眠っていた」

「じゃあ、妻のほうはそれで終わりなんだな。それ以外には何もしていないのかい」

レオポルドはこちらを見あげる。「そうだ、終わりだ。撃ち殺してやったんだから」

「わかった」

「それから廊下を歩いて娘のところへ行った」

「ちょっと待ってくれ。銃声で娘は起きなかったのかい」

レオポルドの顔に戸惑いが浮かぶ。「いや、起きていないと思う。眠っていた」

「それから？」

「娘をベッドから連れだした」

「なぜだい」

「とにかく連れだしたんだ。はっきりした考えがあったわけじゃない。そしてバスルームへ連れていった」

「なぜ連れていったんだい。それもはっきりした考えはないのかい」

「そうだ、なかった。たぶん小便がしたくなって、そのあいだに逃げられないようにするためだろう」

「小便をしたのかい」

「覚えてない」

「きみの姿を見て、娘は悲鳴をあげなかったのかい」

「いや。でも怖がってはいた。それで、声を出すなと言った」

「それから？」

「それから首を絞めた。両手で首をつかんで、力を入れて――」

デッカーは手を挙げてさえぎった。視界がひどく青くなり、何も見えなくなって横を向く。あまりにも色が強烈なので、吐き気が襲ってくる。まるでサファイアに埋もれて窒息させられるようだった。

「なあ、だいじょうぶかい」レオポルドは本気で心配しているみたいだった。

デッカーの額は汗まみれになっていた。ゆっくりと手で拭う。「そうやって殺したんだな。それから？」

レオポルドに自信なさそうな表情が浮かぶ。

デッカーは言った。「死体に何かしていないのかい。服をどうかしたとか」

レオポルドは指を鳴らした。「そうだ、それだ」顔がぱっと明るくなる。代数の授業で正解を思いついたような表情だった。

「娘を便器にすわらせて、縛りつけたんだ。使ったのは、ええと――」

「ガウンの紐かい」デッカーが答える。

「そうだ。ガウンの紐で、タンクに縛りつけた」

「なぜそんなことをしたんだい」

ぽかんとした表情。「なぜって……そうしたかったからだ」

「どうやって家を出たんだい」

「入ってきたところから出ていった」

「車を持っているのかい」

「持っていない。歩いて来たと言っただろう！」

「誰かに姿を見られたかい」

「見られてないと思う」

「銃はどうしたんだ」

「捨てた」

「どこへ？」

「覚えてない」

「ナイフは？」

肩がすくめられる。「同じだ」

「誰かに犯行のことを話したりしたかい」

「いや。これが初めてだ」

「どうしていまになって話す気になったんだ」

また肩がすくめられる。「どうせ電気椅子でケツを焼かれるんだろ」

「注射による薬殺刑だ。焼かれるのはそのあとだ」

「えっ？」

「地獄で」

「ああ、そうだな」冗談を言われたかのように、レオポルドはくすくすと笑った。

「それはいい」

「なぜ、いまになって自首してきたんだい」

「ちょうどいいタイミングだと思ったんだ。ほかにすることもなかったし」

レオポルドの首にはこぶがあった。「そのこぶはどうしたんだい。何かの病気なのか」

手が伸びて、こわごわとこぶに触れる。「なんでもない」

「医者には診てもらったのかい」

鼻で笑って答える。「ああ。プライベート・ジェット機でメイヨー・クリニックに行ってきた。支払いは現金でね」

皮肉か。なかなか面白い。

「海軍なら健康保険にも入っているはずだが」

レオポルドは首を振る。「不名誉除隊ってやつだ」

「じゃあ、以前は海軍にいたってことかい」

「そうだ」レオポルドは認めた。

頭上がさらに騒がしくなってきた。腕時計を見ると残り時間は二分だった。ブリマーは時間きっかりにあらわれそうなタイプだ。

「ＰＴＳＤにはならなかったのかい」

「なんだ、そりゃ」

「実戦で過酷な経験をして、精神面に問題が起きることだ。抑うつ状態になるとか」

「実戦は経験してない」

「それじゃきみはただのクソ野郎で、侮辱されたって理由だけで相手の家族を皆殺しにしたのかい」デッカーは淡々とした口調になるように努めた。

レオポルドはわざとらしい笑みを浮かべる。「そうさ。おれはろくでなしなんだ。ずっとそうだった。おふくろが生きていたら証言してくれただろうよ。単なるクズだってね。これまで、かかわったものは何もかもぶちこわしてきた。嘘じゃない」

「じゃあ、きみの軍歴を調べれば、セバスチャン・レオポルドという名で海軍に在籍していたはずなんだな」

レオポルドはうなずいたが、質問の意図がよくわかっておらず、同意しているようには見えなかった。

デッカーは身を乗りだした。「訊きたいのはこういうことだ。セバスチャン・レオポルドというのは本名なのか」

「その名前を使っていたのは確かだ」

「生まれたときからかい、それとも最近かい」

「生まれたときからじゃない」

「本名じゃないなら、なぜその名を使っているんだい」

「名前がそんなに重要なのか？　ただの文字のかたまりだろ」

デッカーは携帯電話を取りだし、それをレオポルドに向けた。「さあ、笑って」

写真を撮り、携帯電話をしまう。

それから紙とペンを取りだして言った。「きみの名前をここに書いてくれないか」

「どうして？」

「記録のためだ」

レオポルドはペンを手に取り、ゆっくりと名前を書いた。

紙とペンを受けとると、デッカーは立ちあがった。「また連絡する」

ドアのところへ行き、看守を呼ぶ。ドアがあけられると、デッカーは言った。「記憶が正しければ、まっすぐ行くとトイレがあるんだったかな」入ってきた方向の反対側を指して言った。

看守はうなずいた。「ええ、最初のドアが男性用です」

ノートとペンをブリーフケースにしまい、トイレに向かって廊下を早足で歩いた。

計画を変更しようという思いは、階段を下りてくる足音が聞こえると一層強まった。

足音は複数の人間のものだった。ブリマーが応援を呼んだのだ。ということは、気づかれたと考えるべきだろう。

トイレのドアを通りすぎ、左に曲がってから右に曲がり、別の廊下に出る。建物の構造は頭にしっかりと入っている。

廊下の先にはドアがある。それをあけると、トラックの荷降し場に出る。ひとの姿はない。一台のトラックがバックで入ってくるところだった。コンテナの蓋があいていて、何も入っていないのが見える。

短い階段を駆け下り、買ったばかりのきつい靴でアスファルトの道に出る。路地を左に進み、十秒後には大通りに出ていた。そこから右へ曲がり、また左に曲がって交差点に出る。そこにはホテルとタクシー乗り場があった。

先頭のタクシーに乗りこんだ。「五ドルで北へ行けるだけ行ってくれ」

しばらくしてタクシーを降りた。そこからバス停まで歩き、バスに乗って二回乗り換え、レジデンス・インに向かう。バスを降りると、二台のパトロール・カーとともに警察の公用車が停まっているのが見えた。ただのお巡りが乗っている車ではない。

くそっ。

10

　ひとつだけよかったことは、ごみ箱に捨てた銃と服を拾えなかったことだ。この状況で武器を持っているのは、あまり賢いこととは言えない。逃げだそうかと思ったが、それは向こうも予想しているだろう。それに、走るのは苦手だ。走れるような体型ではない。

　ネクタイをゆるめ、シャツのいちばん上のボタンを外す。締めつけられていた太い首が楽になり、ほっとため息をついてから、レジデンス・インのロビーに入っていった。すぐに四人の制服警官にまわりを囲まれる。

　デッカーは悠々と四人を眺めた。「マンスフィールド高校の事件があったにしては、人手に余裕があるようだな」

「だまれ、デッカー」なじみのある声が聞こえる。

　横を向いて言った。「やあ、マック」

「ミラー警部と呼べ」

「もう警察を辞めたのでね」

「少しは敬意を払え。でないと、話をするまえにぶちこんでやるぞ」

マッケンジー・ミラーは五十代後半で、ウシガエルのような体型と肌の色をしている。でっぷりとした身体は、背の高いデッカーをそのまま縮めたようだった。歩いてくるときにスーツの上着が少しひらき、デッカーと同じようにせり出した腹がズボンを支えているにもかかわらず、サスペンダーをしているのが見えた。

「なぜ、ぶちこまれなきゃならないんだい」

ミラーはもったいぶったような視線を投げてから、声を張りあげた。「ブリマー！」

サリー・ブリマーがばつの悪そうな顔で、埃《ほこり》の積もったプラスティック製のイチジクの植木の陰から出てきた。

「この男かね」

「はい、間違いありません」ブリマーは早口で言ってから目を細め、敵意のこもった視線を向けてきた。

「なるほど」ミラーの口調には勝ち誇ったような響きがあった。デッカーのほうを向く。「きみは今日、署にやって来て、マンスフィールド高校の悲惨な事件のせいで人手が薄くなっている状況を利用し、弁護士だと偽って、留置場にいるセバスチャン・レオポルドと面会した」

「まあ、そうとも考えられる」

ブリマーが大声をあげる。「そうとしか考えられないわ」

「いや、そんなことはない」デッカーは落ちついた声で言った。

ミラーは太い両腕をひろげて言った。「じゃあ、別の話を聞かせてくれ。さぞかしいい話なんだろうな」

「署に行って、セバスチャン・レオポルドに会いたいと言った。弁護士が必要だと言ってね。自分が弁護士だとは決して言っていない」

「名刺を出したじゃない」ブリマーが言う。

デッカーの頭はすでに、一手どころか六手先を読んでいた。こちらはプロのチェス・プレイヤーで、向こうは初心者のようなものだ。「確かに、ある名刺を見せた。ハーヴェイ・ワトキンズのものだ。弁護士会に所属している。わたしはその男から探偵の仕事を請け負っている。刑事事件だ。ワトキンズは優秀な弁護士で、まえにも調査を頼まれたことがある。わたしは法に背くことは何もしていない」

「だけど、あなたはそのワトキンズだって顔をしていたわ」

「きみはそう思ったかもしれない。だが、わたしはワトキンズであることを示す身分証明書は見せていない。見せろとも言われなかった。弁護士なのかと訊かれて、彼の名刺を見せただけだ」

「でも、ピート・ルークを知っていると言ったじゃない」ブリマーの口調にはいらだちがこめられている。

「ピートを知っているのは事実だ。長年の同僚だったんだから。真実を言っても罪にはならないはずだが」

「でも……だけど……」ブリマーは言葉に詰まり、助けを求めるようにミラーを見た。だが、ミラーの視線はデッカーに据えられている。続きを聞きたがっているようだ。

デッカーは続ける。「スーツとネクタイを身に着け、ブリーフケースを持っていたから、きみはわたしを弁護士だと思った。わたしはレオポルドと話をさせてほしいと頼んだ。きみは十五分ならいいと言った。わたしは与えられた十五分で話をしてから、留置場を去った」そこで言葉を切って、警官たちを見まわす。「だから、なぜこうして皆さんがおそろいなのかよくわからない」

ブリマーは唖然としていた。警官たちもきまりが悪そうな顔をしている。ミラーは感心したような顔で拍手をし、警官たちに指を突きつけた。「きみらはもう行っていい」そして親指をブリマーに向ける。「彼女を送ってやってくれ、いいな」

「ミラー警部」ブリマーが言ったが、ミラーは追いはらうように手を振った。

「あとだ。とりあえずみんなと帰りなさい」

五人が出ていき、残されたミラーとデッカーは互いを見つめあっていた。

「話をしようじゃないか」ミラーが言った。

「マンスフィールド高校の件に集中したらどうだい、マック。また戻ってきてわたしを逮捕すればいい。ここにいるから」

ミラーはうなずき、同意するような微笑みを見せたが、それはすぐに消えた。「少しすわって話をしよう。おいしいコーヒーはあるかね」

デッカーはロビーの先にある食堂のテーブルにミラーを案内した。壁際のドリンク・バーからコーヒーを二杯注ぎ、テーブルに戻って、かつての上司と向かいあって席についた。

「マンスフィールドはどうなんだい」デッカーは訊いた。

「大惨事だ。次々に出てきている……死体が。犠牲者の数はまだ増えるだろう」

「ピートの孫はどうなったんだ」

ミラーは首を振る。「まだわからない、エイモス。犠牲者の名前もわかっていない。あの学校には警察官の子どもがたくさん通っている。この街でいちばん大きい高校だからな」

「犯人は？」

ミラーは歯を喰いしばった。「逃げた」

「どうやって」

「わからない。何もかも、まだ捜査中なんだ」

「たいていはその場で自殺するケースが多いのに」

「だが、今回はそうじゃない。まるで毎週どこかの学校で乱射事件が起きているみたいだ。いつになったら終わるんだ。エイモス、きみは頭がいい。教えてくれ」

「それがわかるほど頭はよくない」

ミラーはゆっくりとうなずきながら、指で木目調のテーブルを叩いた。それからコーヒーを何口かで飲みほし、口もとを拭いながら言った。「なんであんなことをしたんだ。あの男に会いに行って話をするなんて」

「この目で見てみたかったからだ」

「あんな手を使わなくても、ほかにいくらでも方法はある」

「ブリマーを巻きこんだのは悪かった」

「あいつにはいい教訓になっただろう。誰のことも信用するなってことだ」ミラーはデッカーのスーツとネクタイに目をやった。「かなり落ちぶれたと聞いていた。噂は間違っていたんだろうか」

「いまよりもずっとひどかった時期もある」

「きみとメアリーは素晴らしいコンビだった。本当に残念だ」

「世の中は残念なことだらけだ」

ミラーは空になった紙コップを握りつぶした。「レオポルドと何を話したんだ」

「メモを取った。見るかい」

ネクタイがゆるめられる。「きみの口から直接聞きたい」

「おかしな男だった」

「そいつが本当に三人を冷酷に殺したのなら、〝異常なほどおかしい〟男だと言うべきだろう。どんなに悲惨な世の中になっても、ああいう奴は〝異常なほどおかしい〟と言われるべきだ」

「事件のことはよく知っているが、新聞で報道されている以上のことは知らない。もしかしたら――」

「もしかしたら、なんだ」ミラーは青い目でデッカーを見据えたまま言った。

「事件について、もっと詳しく知る者から話を聞いたのかもしれない」

「実際に手を下した人間からということか。複数かもしれないが」

「本当にレオポルドがやったと思うかい」

「まだなんとも言えない。夜中にやって来て自首したと聞いただけだ。ほかに気づいたことは？」

「海軍にいたらしい。タトゥーでわかったんだが、本人も最後には認めていた。セバスチャンはおそらく本名ではない。国防総省に問いあわせれば本名はわかるだろう。首にこぶがあった。痛みはないようだったが、癌《がん》かもしれない。事件現場について、事実と大きく食いちがうことを言っていた」

「たとえば？」

「たとえば、廊下のどちら側に最初の寝室があるかを覚えていなかった。左と言ってみたら同意した。本当は右だ。たいしたことじゃないのかもしれない。だが、最初はキャシーが寝ているときに撃ったと言っていたのに、次は起きたあとに撃ったと話を変えた。銃創は銃が突きつけられていたことを示していた。妻が起きて叫んだり抵抗したりしていたら、突きつけて撃つのはむずかしい。死体が発見されたのは床の上だ。それを思いだして、話をそれに合わせたって感じだった。撃たれたこと以外に妻がされたことについては、何も言わなかった」

ミラーはうなずいた。デッカーが何を言わんとしているかはわかっている。「続けてくれ」

「用心深くなるときもあるが、ずっとそうではなかった。頭が冴えたり鈍ったりを繰りかえしているみたいだった。あまり記憶力がいいとは思えない。ドラッグもやっているようだ。腕の注射の痕は新しかった」

「続けてくれ」

気づいたことや考えていることを、まだ全部はミラーに話さないと決めていた。しばらく待ち、様子を見たほうがいいと直感で思っていた。「わたしが自宅近くのセブンイレブンで彼を侮辱したと言っていた。そこの店員だったのか、客だったのかは答えなかった。明らかに、きみたちに聞かせたのと同じ話をしていたようだ。そのセブンイレブンだが、わたしはいつも車で行っていた。歩いて行ったことは一度もない。レオポルドは車を持っていないのに、わたしを自宅まで尾けたと言っていた。いったいどうやって？　それに、あの男を見たことは一度もない。誰かとトラブルがあれば、わたしは絶対に忘れない」

ミラーはしばらく考えをめぐらせ、片手でネクタイを撫でてからタイピンを指で弄んだ。「きみは物事を忘れることは決してない。そうなんだろう」

自分の頭のことについては職場の誰にも話したことはない。病院で診断を受けたあと、シカゴ近郊の研究所で検査を受けさせられた。そこで数カ月過ごし、自分と同じ能力を持つ者たちと会った。男も女もいた。グループ単位での活動を数えきれないほどさせられた。能力にうまく適応している者もいれば、かなり苦労している者もいた。まったく適応できていない者もいた。そこに集まった者のなかでは、この能力を後天的に身につけたのはデッカーひとりだけだった。ほかの者たちはすべて、デッカーよりもずっと長くこの能力と付きあってきたようだった。それはいいこととも悪いこととも言える。

「誰だって多少は忘れるものだ」デッカーは言った。

「きみのことを調べたんだ。以前話したかな」

デッカーは首を振った。

「フットボール選手だったことは知っていた。試合を観たから」

「ネットの動画を観たのかい」

「いや。きみが倒れたあの試合をテレビで観ていたんだ。あんなに激しい衝突は見たことがない。よく命が助かったものだと思う。本当に」

「なぜあの試合を観ていたんだい」

「マンスフィールド高校でいちばん優秀だった選手が出ていたからだ。過去最高のクォーターバックだ。ラインバッカーにとっては脅威だっただろう。それだけ大きな身体なのに動きも速かった。大学でもなかなかいいプレーをしていた。わたしの知るかぎり、バーリントンのような冴えない街からNFLの選手が出たのは初めてだ。だから、きみの出る試合を観ていた。できれば会場で観たかったくらいだ」

「観てくれたのはありがたい。あれがNFLでの唯一の試合だったから」

ミラーは話を続けた。「警察学校での試験の結果を調べた。昇格試験の結果も」

「なぜそんなことをしたんだい」

「興味があったからだよ。上層部だって、きみが巡査としても刑事としても、やけに優秀なことに気づいていた。ほかの者にはない特別な何かがあるとしか思えなかった」

「メアリーだって優秀だ」

「確かにそうだが、飛びぬけて優秀というわけではない。完璧というわけでもない。だが、きみの警察学校の試験と、刑事への昇格試験の点数は満点だ。一問も間違えていなかった。この州では過去に例がないそうだ。だから、きみの大学の成績も調べた。悪くはなかったが、中位といったところだった。その当時は満点を取るような学生ではなかった」

「フットボールをやっていると、勉強する時間はない」

ミラーは顎をさすり、思案をめぐらせていた。「話を戻そう。ほかには何がわかったんだ」

首の後ろがずきずきと痛みはじめた。食堂の照明は薄暗いはずなのに、サーカスの舞台の照明のようにけばけばしく感じる。背筋が凍るような青が、視界の端から徐々に広がってきて、自分を覆いつくしてしまいそうだった。その感覚は強まる一方だ。

「レオポルドが犯人だとは思わない」なんとか声を絞りだした。

「ここにすわるまえから、それはわかっていた」

「どうしてだい」

「きみがあの男を殺さなかったからだ。そのために行ったんだろう。奴を観察し、質問し、考えを読みとり、犯人かどうか確かめたかった。犯人だと確信していたら、レオポルドはとっくに亡き者だ」ミラーはデッカーを見据える。「簡単なことだ。フットボール選手は馬のように強い。体型は崩れていても、腕力はかなりある。奴に勝ち目はない」

「罪を犯そうと考えただけでは逮捕できない」

「そうだ。それは一見いいことのようだが、悪いことだとも言える」

「だったら、なぜ警官とブリマーを連れて乗りこんできたんだ」

「警部のわしにも上司がいるんでね」

「つまり、命令を受けてやむを得ず来たというわけかい」

ミラーは立ちあがり、ネクタイの結び目を喉仏のところまで上げた。

デッカーはそれを見あげながら、首の痛みが頭全体に広がるのを感じていた。薄暗い照明がおびただしい数の白熱灯のように目を刺すので、なかば目を閉じる。「これからどうするんだい」

「きみに対しては何もしない。レオポルドは自白に基づいて送致される。その後、自白が裏づけされるか、あるいは嘘だと証明されるだろう。きみの話を真剣に検討しておく。捜査が終われば、レオポルドは引きつづき勾留されるか、公判が行われるか、釈放される」

「誰かが保釈金を払ったらどうする」

「その可能性もある。きみも一度は考えたんじゃないのかい」

「レオポルドをどうするか決断したら教えてくれないか」

「きみはもう警察を辞めたんだから、それは無理だ。残っていてほしかったが」

「あのときは辞めるしかなかった」

ミラーは鼻を手でさすり、上着のボタンをかけた。「時がちがえば、またちがった決断をしたのかもしれない」

出ていこうとして、ミラーは振りかえった。指を突きたてる。「今日のことは見逃してやる、エイモス。一度きりだ。二度めはない。それを忘れるな。そして、セバスチャン・レオポルドが地球上にいることを忘れるんだ。この件はこれきりだ。また出し抜くようなことをしたら、二度と味方はしてやらん。容赦はしない。それじゃ」

ミラーが出ていったあともデッカーはしばらくそこに残り、それから急ぎ足で部屋に戻った。鍵をかけ、カーテンをすべて閉め、ベッドに横になって枕を顔にのせる。わずかな光でも遮りたかった。それから、獣に襲われているかのように激しい頭の痛みに屈し、眠りに落ちた。

11

厚い雲が空に広がり、光はすっかり遮られてしまった。どこかに太陽はあるのだろうが、その存在はまったく感じられない。目隠しをして四十ワットの電球を見るようなものだ。何を見ても色に影響されてしまうデッカーにとっては、世界中が灰色に染まっているようなものだった。

両手をポケットに入れ、冷たい風に耐えた。頭痛がおさまったあと、近くのウェンディーズに行ってコークを飲んだ。錆びた鉄を酸で洗うように、糖分が頭に残った不快感を洗い流し、汗は徐々に引いていった。それからバスに乗ってダウンタウンに戻り、ごみ箱から服と拳銃を拾った。幸い、誰にも見つからずに残っていた。仕事で着る服は買ったもの以外にはこれしかなく、拳銃も一挺しか持っていない。

もとの服に着替え、風の吹きすさぶなか、マンスフィールド高校を眺めていた。国じゅうの多くの学校と同様に、この高校も戦後の建築ラッシュの時期に建てられた。一九四六年に出生率が跳ねあがり、そのとき生まれた子どもたちを行かせる高校を建てなければならなかったのだ。男たちを家庭から引き離し、四年間戦争に駆りだした代償だ。禁欲期間があまりにも長すぎた。帰還した復員兵の妻たちは、まる一年は眠らせてもらえなかったことだろう。

　マンスフィールド高校は三階建ての煉瓦《れんが》造りで、長い年月は容赦のない変化をもたらしていた。窓は割れているか板が張られている。きっちりと並んだ煉瓦のあいだからモルタルがはみ出て垂れ、無意味な落書きのように正面口の壁を汚している。運動場は雑草だらけで、芝生のあちこちから土がのぞいている。アスファルトはひび割れ、フェンスの金網は破れ、門扉は傾き、蝶番《ちょうつがい》は錆びついている。もはや高校というよりも、廃墟となった精神病院のようだった。

　もともとは隣にある軍の基地に勤める職員の子どもを通わせるために建てられた学校だった。基地はバーリントンで最も大規模な雇用を生み、兵士へのサービス業で経済が発展した。ところが国防総省は基地の縮小を決定し、バーリントンの基地は真っ先に閉鎖された。マンスフィールド高校から百メートルほどの距離にある基地は、高い金網のフェンスと地面から伸びてきた蔦《つた》の向こうに、当時のまま放置されている。兵士たちは街を去り、それに続く経済の下降によって、街は棺桶に閉じこめられたも同然だった。

　多くの学校がそうであるように、マンスフィールド高校も予算不足で、校舎は荒れはて、規律も乱れ、着任してきた教員たちはたいてい長続きせずに辞めていく。ドラッグやアルコールの問題もはびこっている。生徒数はもっとも多い時期の半分程度になり、生徒が卒業できる確率は、南下する渡り鳥よりも速く下降している。

基地がなかったとしても、バーリントンは工業地帯として繁栄していた。全国にそのような地域が数多く存在し、国内外の需要を満たしていた。だが、工業の拠点がすべて外国に移されてしまうと、残ったのは悲愴感だけだった。街にはスーパーマーケットのチェーン店がふたつある。デッカーの見たところ、もっともよく売れているのは徳用サイズのハンバーガー・ヘルパーとオレンジ・ソーダの特大ボトルだった。さらにファスト・フード店の出現で、子どもから老人に至るまで極度の肥満が見られるようになり、糖尿病、癌、脳卒中、心臓病の予備軍が急増している。

だからこそ、自分はあえてこんな体型をしているのかもしれない。

バーリントンの西部には、少数の富裕層がゲートつきの区域に住んでいて、そこからほとんど出ることなく暮らしている。ほかの住民はみな、コンパスの示す西以外の三つの方角に住んでいる。通りにはネズミが這いまわり、ホームレスが寝袋や古い毛布、段ボールの家などのなかで暮らしている。

かつての自分のように。

マンスフィールド高校に通っていたのは二十五年まえのことだ。デッカーの名前が刻まれたトロフィーは、いまでも体育館のガラスのキャビネットに飾られているはずだ。高校では飛びぬけて優れた運動能力を誇り、フットボール以外のスポーツでも活躍していた。身体が大きく、足も速く、誰よりも屈強だった。生徒たちからはもてはやされ、美人な女子生徒とは全員と付きあい、その多くと身体の関係も持った。勉強の成績はまあまあだったが、学校じゅうの誰もが、デッカーがプロの選手として成功することを信じて疑わなかった。

　それは大間違いだった。

　確かにある程度優秀ではあったが、大学ではそれほど飛びぬけてはいなかった。プロへの道は狭き門だった。自分よりも優れた選手が何百人もいるのに、ＮＦＬドラフトで指名などされるはずもなかった。そこから闘争心に火がついた。死に物狂いで身体を酷使して試合をこなし、クリーヴランド・ブラウンズにドラフト外入団を決めた。そのときの無理が四十代になってたたってしまい、映画館で席を立つのにも苦労することがある。そこまで努力してつかんだプロのキャリアは、シーズン開幕後のたったの一試合で幕を閉じ、脳に劇的かつ生涯にわたる変化をもたらした。

　悪いことばかりではなかった。頭のほかにも怪我をしたことでリハビリが必要となり、キャシーと出会うことができたのだ。ドウェイン・ルクロワが衝突してきたとき、デッカーのスパイクは芝をしっかりとつかんでいた。そのせいで、右の大腿骨を骨折し、左膝の前十字靱帯《じんたい》、右膝の内側側副靱帯《ないそくそくふくじんたい》を断裂していた。まるでスポーツによる怪我をパッケージで購入したみたいだと医者に言われた。そんなものには一セントも支払いたくなかったが。

キャシーは新人の理学療法士だった。デッカーは回復するために奮闘した。脚や膝は時間をかけて治すことができた。だが、脳はそのままだった。キャシーは少しずつ回復するデッカーに付き添い、必要なときは励まし、励ましても効果がないときは厳しい言葉をかけた。

そのリハビリ期間に、デッカーとキャシーは惹かれあい、深く愛しあうようになった。特殊な頭脳を持つ人々を研究するシカゴ郊外の研究所にデッカーが数カ月入ったあと、ふたりはすぐに婚約し、やがて結婚して故郷のバーリントンに戻った。進路については熟慮の末に、故郷の街で警察学校に入学することを決めた。完璧な記憶力を持つ新しい脳を持ったいま、教室で学ぶことは非常にたやすかった。身体能力は怪我によってやや衰えたものの、それでも群を抜いて優れていた。楽々と試験をパスし、宣誓し、バッジと銃を手に入れた。そして九年後に刑事に昇格した。その後も十年近くにわたって、デッカーはバーリントンの善良な市民に対する犯罪行為を捜査してきた。その多くは同じバーリントンの善良でない市民によるものだったが、ときには外部の者による犯罪が起きることもあった。

子どもはたくさん欲しかったが、なかなか授かれなかった。なけなしの給料をはたいて不妊治療を試みたあと、やっとのことでキャシーは妊娠することができた。そしてモリーが生まれた。ひとりっ子になることは確実だった。出産によってキャシーは生命の危機にさらされ、産後に手術が必要となり、二度と妊娠できなくなってしまったのだ。

娘はデッカーの母親にちなんで名づけられた。デッカーが大学生のとき、両親は交通事故で他界していたので、モリーには父方の祖父母がいなかった。その代わりに祖母の名前をもらったのだ。その名前で生きる人生は、何者かの手によってあまりにも早く断たれてしまった。それはセバスチャン・レオポルドなのかもしれないが、まだわからない。

煉瓦の要塞のようなマンスフィールド高校を見あげる。犯罪現場を示すテープがあらゆる向きで張りめぐらされ、恐ろしげな黄色のクモの巣のように見える。警察の車と鑑識班のヴァン、そして遺体袋を運ぶための窓のない黒いヴァンも停まっている。死体はまだ学校のなかにあるはずだ。一命を取りとめ、治療が必要な人間を除けば、犯罪現場からは何も持ち去ってはならない。そのままの状態で徹底的に調べられ、写真が撮られ、測られ、触れられ、つつかれ、分析される。死んだ者は、どれだけ長い時間血だまりのなかに寝かされていても文句は言わない。どこかのいかれた人間に弾丸を撃ちこまれ、永遠に目を覚まさないのだから。

警察を辞めていなかったら、デッカーも捜査に加わっていたはずだった。そこに立っていると、ランカスターが二回校舎に出入りするのが見えた。憔悴し、うんざりし、気が滅入っているようだった。一度こちらのほうを見たが、デッカーには気づいていないようだった。それどころではないのだろう。留置場にセバスチャン・レオポルドという男がいることも忘れているかもしれない。三人の殺害を自白し、そのうちのふたりはデッカーの人生のすべてだった。だが、ランカスターは新たな死体の山を調べねばならない。乱射事件の犯人は自由の身なのでまた誰かを殺しかねないが、一方のレオポルドは捕まって留置場にいる。

事件は全国で報道された。どのメディアにも街の名前が躍っていた。犠牲者の名前はまだ公開されていない。携帯電話でニュースをチェックする。〝遺族に知らせるまで公表を控える〟という表現が散見された。かつての同僚から、ピート・ルークの孫は無事だったと聞いた。だが、ある巡査の息子がひとり犠牲になっていた。また、通信指令部員の夫であるアンディ・ジャクソンはマンスフィールド高校の英語の教師で、複数の弾丸を受けて重体となっているらしい。

デッカーは歩きはじめた。グラウンドから距離を取り、慎重に、立ち入り禁止の場所を避けて進んでいった。犯人は逃げたとミラーは言っていた。バーリントンの街じゅうが武装して警戒していることだろう。家族を失っただけでもつらいのに、殺人犯は自由に歩きまわり、また誰かを殺すかもしれないのだ。ただでさえ悲惨な状況が、さらに堪えがたいものとなってしまった。

だが、いったいどうやって逃げたのか。ひとりの人間としても、捜査のプロとしても、これだけの惨事を引きおこして逃げるという行為は許せなかった。

それ以外にもここに来た理由はある。もはやレオポルドに対しては何もできない。無力なまま、また無意味な探偵の仕事をひたすら続けるしかない。だが、マンスフィールド高校の事件の犯人について考えることはできる。いま犯人がどこにいるのかということも。デッカーはそれを考えることにした。

歩きつづけると、フットボールのフィールドが見えてきた。デッカーがかつて栄光の日々を過ごした場所だ。シーズンは半分ほど終わり、芝生はかなり傷んでいた。金曜に予定されていたホームでの試合は中止になるだろう。今年はもう試合は行われないかもしれない。二度と行われない可能性もある。

スタンドに上がり、五十ヤードのラインの近くで椅子にすわった。肥満した身体で階段をのぼるのはかなりきつく、あらためて痩せる必要を感じた。少しでも以前の体型に戻さなければならない。四十二歳でこれでは、五十二歳まではとても生きられない。四十三歳すら無理かもしれない。

フィールドを見おろすと、高校時代の試合の記憶がよみがえってきた。記憶は脳のどこかにあるのだが、かつてはそれを掘りおこすのに苦労していた。いまなら難なくできる。指定した日時で脳内のＤＶＲが再生され、その場面を見ることができるのだ。

若いころの自分がほかの選手のあいだを走っている。それを見るのは楽しくもあり、気恥ずかしくもあった。長い距離でも正確にパスを投げられると自負していた。だが、大学レベルのクォーターバックを務めるには、腕力が足りなかった。そのためポジションを守備に変えてみたが、それでもほかの誰もが自分よりも大きく、強く、速かった。高校時代はなんの努力もせずにトップに立てたが、大学で現実を知り、ようやく目が覚めた。諦めることもできたが、才能のあるチームメイトたちよりも一層努力を重ねる道を選んだ。

だが、結局何も残らなかった。選手生命を絶たれ、警察でのキャリアも失い、試合の前半が終わるころには尻が赤くなるような硬いアルミの観客席にすわっている。そこにすわりながら、明日の朝よりも先の人生にはまったく見通しが立っていないことに思い至る。だが、今日は考えることがある。ここからどうやって犯人が逃げたかということだ。

校舎にはいくつもの出口がある。前方、後方、左側、右側。学校でＡＫ47を手にした何者かが乱射を始めるような時代よりもずっと昔に建てられたので、当然ながら安全面はそこまで重視されていない。それから何十年も経ち、銃の乱射事件が繰りかえされるようになると、校舎のドアの多くは鍵をかけられるか、外からはあけられないようになった。学校を訪ねてくる者は正面口から入り、受付に名前を残す必要がある。金属探知機を設置するという案も出たが、それだけで破産するほど費用がかかるので却下された。自動警報システムは導入されていて、緊急時には家族にEメールが送られるようになっている。おそらく今日、このシステムが作動したことだろう。この街で過去最悪の緊急事態が起きたことによって。

警察と報道陣の車の外側に、生徒たちの家族の姿があった。近くを通ると、家族の顔には打ちひしがれた悲痛な表情が浮かんでいた。

モリーも大きくなったらマンスフィールド高校に通っていたはずだ。デッカーはあの場に立ちすくむ親のひとりだったかもしれない。地面を軽く蹴り、両手をポケットに入れ、靴を見おろし、悲しみに暮れるほかの家族と時々言葉を交わす。悲惨きわまりない。デッカーは胃に差しこみを覚えた。

ポケットから札入れを取りだす。なかには色あせた写真が入っている。モリーの九歳の誕生日に撮ったものだ。それが最後の誕生日となってしまった。いたずらっぽい笑みを浮かべた顔と、カールした髪を指でなぞる。瞳は母親と同じ明るいハシバミ色だった。当然ながら、写真をいつ撮ったか、そのとき何をしていたか、すべてをはっきりと覚えている。季節は初夏で、裏庭でバーベキューをしていた。焼いていたのは娘のふたつの大好物だった。カンザス・シティ・スタイルのスペアリブと、水に浸しておいた薄皮つきのトウモロコシだ。

振りかえって学校に目をやり、犯人がどうやって犯行に及んだのかと考えた。まず、武器を持って学校に入っていく。次に、何人もの人間を射殺する。そして最後に、捕まることなく出ていく。特に最後の出ていくという点が気になる。多くの人々が校内にいて、生存者も多いのに、誰にも見られずに逃げることなど可能なのだろうか。

「何を考えているの」

デッカーは声のしたほうに目をやった。フットボールのフィールドのまわりには、腰の高さほどのフェンスに囲まれた砂利道がある。

メアリー・ランカスターが砂利道からこちらを見あげていた。右手には煙草を持ち、左手は腰にあてがっているが、震えているのがわかる。

ゆっくりと階段をあがり、ランカスターは隣にすわった。今朝会ったとき、顔色は青白く、やつれていた。いまは打ちのめされ、途方に暮れているように見える。一日も経たないうちに、これだけ過酷な目に遭ったのだから無理もない。

ランカスターは煙を吐き、黙ったまま、誰もいないフィールドを見つめていた。

「ひどい事件だ」デッカーは静かに言った。

ランカスターはうなずいたが、何も答えなかった。

「どんな状況なんだい」

「一緒に来て見てみるといいわ」

デッカーはランカスターをまじまじと見つめた。何か言おうとしたが、ランカスターに遮られる。「レオポルドのことを聞いたわ」

「きみが話しに来たことは誰にも言っていない」

「わたしだったら、ただ撃ち殺したと思う」

ランカスターにも子どもがいる。娘のサンディはダウン症だ。夫のアールは建設業に就いているが、それはつまり現在仕事がほとんどないということだ。ランカスターの給料で家計を支えているのだろう。高給ではないが、少なくとも健康保険には入っている。

「あの男は犯人じゃないと思っているのね」

「もっと調べなきゃならない」

「明日の朝には送致されるわ。自白したから。保釈金はなし。住所不定だし、地域とのつながりもなく、ある程度逃亡の恐れがあるということね。弁護士が決まれば、公判が始まる」

「公設弁護人かい」

「そうなると思う。マンスフィールドの現場を見てみる？」

「わたしは入れない、メアリー。わかっているだろう」

「ミラーが許可したから入れるわ。バーリントン警察署の正式なコンサルタントとして。ちなみに有償よ。そんなに報酬はよくないけど、私立探偵の仕事よりはましだと思う」

「本当にミラーが許可したのかい」

携帯電話が差しだされる。「Eメールを自分で読んでみる？　いえ、わたしが読んであげるわ」画面を自分のほうに向ける。「デッカーをマンスフィールドに呼べ。そして意見を聞いてみろ。われわれには助けが必要だ。デッカーも、太った尻に根を生やして嘆いたり、レオポルドに執着したり、くだらない探偵の仕事をしたりするよりは、有効に時間を使えるだろう」

「最近のわたしの仕事のことを知っているんだな」

「そうみたいね」ランカスターは立ちあがり、煙を長々と吐きだしてから、吸い殻を投げ捨てた。それは砂利道に落ちてしばらく燃えていたが、やがて火は消えた。

まるで高校に倒れている被害者たちの命のようだ。そう考えながら、デッカーはかつてのパートナーのあとについて階段を下りていった。

12

学校はこれほど静かな場所であるべきではない。ランカスターとともに廊下を歩きながら、まずデッカーはそう思った。それに、これほど不気味な場所に来たこともない。

歴代の校長の写真が飾られている壁を通りすぎる。デッカーが在籍していたときの校長の顔もあった。教室に目をやる。かつてそこで授業を聞き、ノートを取り、ときには居眠りをしていた。

過去への思いが断ち切られたのは、ふたつの廊下が交差する場所に脚が見えたときだった。ふくらはぎが見えていたので、女のものだと思われた。

角を曲がると、やはり予想は正しかった。リノリウムの床にあおむけに倒れている。少なくとも、デッカーが校舎に入る以前からそこに倒れていたように見える。

写真撮影や計測は済んでおり、鑑識班が間もなく来る予定だとランカスターは言った。死体はポーズを取っているように見える。友達に手を振った次の瞬間、誰かに残酷に命を奪われたかのようだ。

「デビー・ワトソンよ」死体を見つめるデッカーにランカスターが声をかける。「四年生で、十八歳になったばかり。両親にも連絡がいったそうよ」

周囲を見まわす。デッカーは巡査を経て刑事となり、二十年近く犯罪の捜査にかかわってきた。こうした現場は数えきれないほど見てきたので、この場に自分がいることも自然に感じられるはずだった。だが、いまは違和感があった。部外者のように思えた。学校じゅうの空気がどこかへ吸いとられてしまったような息苦しさを覚えた。

そんな心境を押し隠し、デッカーは言った。「まだ両親は対面していないのかい」

ランカスターは首を振った。「わかっているでしょ。犯罪現場なのよ。両親ですら入ることは許されない。それに、こんな姿を見たいと思う？」

デビーの顔はまるでショットガンの弾が空になるまで撃ちこまれたみたいだった。顔はなくなっていた。後ろの壁に目をやる。血と肉片が飛び散っている。教科書が床に落ち、ノートは血まみれになっている。教科書から落ちたと思われる一枚の紙があった。そこに描かれた落書きがデビーによるものなら、絵の腕前はかなりのものだ。

「被害者が撃たれた順序はわかっているのか」

「いまのところ、デビーが最初に撃たれたようなの」

「犯人の侵入経路は？」

「こっちよ」

ランカスターのあとについて、校舎の後方へと向かう。そこには裏口のドアがあった。「授業がある日は、このドアは施錠されているの」天井の隅にある防犯カメラを指さす。「だけど、あのカメラに歩いてくる姿が映っていたわ」

「外見は？」

「カメラの映像は、図書室に設置した捜査本部のラップトップPCに入れてあるわ。大柄な男で、迷彩服を着ていた。顔はフードとフェイス・シールドで完全に隠されていたわ」

「ベルトとサスペンダーの両方をつけているようなものだな。用意周到だ」

「向こうから入ってきて、間もなくデビー・ワトソンと出くわして撃った」

「廊下にはほかに誰かいなかったのかい」

「授業中だったから、みんな教室にいたのよ」

「なぜデビーは教室にいなかったんだい」

「保健室に行くところだったの。お腹の調子が悪いとかで。出ていくことを許可した教師が、そう話していたわ」

デッカーはまた周囲を見まわす。「みんな教室にいた。犯人は運がよかったのか、それとも学校の時間割を把握していたかのどちらかだ」

「それはわたしも考えたわ」

「デビーを撃ったあとは？」

「体育教師のジョー・クレイマーを殺した。それから戻ってきて、デビーの死体を通りすぎ、校舎の前方に向かった。そのころには学校じゅうに銃撃についての警告が出されたけど、まだ大勢が教室に残っていた。教室で犯人はもうひとり生徒を殺した。べつの教室に行って、また発砲した。もうひとり生徒が殺され、教師がひとり負傷した」

「アンディ・ジャクソンかい。英語教師の。ニュースで見た」

「そうよ。それから犯人は校舎の反対側の廊下へ行き、べつの教室に入った。もうひとり殺された。同じ並びにあるべつの教室で、六人めが殺された。それから教職員のオフィスに向かい、教頭を殺した。それからまたべつの教室に行き、もうひとり生徒を殺した。被害者は八人。ジャクソンも重体だから、もうひとり増えるかもしれない」

「生徒が六人と、教師がふたりということか」

「ええ。教師はあとひとり、重体になっている」

「犯人は迷彩服を着て、フードとフェイス・シールドを被っていた」

「そうよ」

「ほかには？　靴はどんなものだった」

「カメラには腰から上しか映っていなかったの。話を聞いた目撃者たちも、靴は見て

いない。手袋をしていたことと、武器がショットガンと拳銃だったことはわかってい
る。弾道分析班がまだ捜査中で、リストをつくっているところよ。弾丸の多くは被害
者の身体にまだ残されている。拳銃を使ったときは、被害者にかなりの数の弾を撃ち
こんだみたい」

「確実に殺すためだ。ショットガンならその必要はない」

「そうね」

「フードの上にフェイス・シールドを被っていたんだな」

ランカスターはうなずいた。

「確実に顔を隠すことが重要だった。見られることを恐れていたのかもしれない。大柄な男だと言っていたな。どれくらい大きいんだ」

ランカスターはノートを取りだした。「映像には、犯人と一緒に壁のポスターが映っていたの。そこから計算してみたわ。身長は少なくとも百八十八センチで、肩幅がとても広い。あなたみたいにね。体格がいいから、間違いなく男よ。体重は九十キロ以上ありそう」

「学校じゅうを歩きまわったのに、カメラに映っていたのは一度だけなのかい」

「防犯カメラの場所を知っていて、避けたのかもしれないわ。事前にここへ来て、下調べをしたのかもしれない」

「だが、たったの一度だけカメラを避けなかった」

「どうしてだと思う？　矛盾しているわ。単に気を抜いたのかしら」

「まだ判断するのは早いが、意図的に映ったのなら、理由を探る必要がある」

ノートにメモが取られる。

「犯人は教室に入ったんだったな」

ランカスターはうなずく。

「なのに、ひとりずつしか殺さなかった」

「そうよ。教師がひとり負傷したけど」

「被害者には何か共通点があるのかい」

「あらかじめターゲットを決めていたと思うの？」

「その可能性も否定できない」

「それなら、あの時間に誰がどの教室にいるかを把握する必要があるわ」

「なんらかの手を使って把握していたのかもしれない」

「その線でも調べてみるわ。でも、混乱をきわめた状況で、リストアップしたターゲットだけを撃つなんて不可能に思えるけど」

「確かに、誰もが混乱をきわめていただろう。だが、犯人はちがう。銃を持っていた」

「でも無理があるわ、エイモス」

「犯人はどこから出ていったんだ」

「それはまだわかっていない」

ランカスターを見据える。「銃撃を終えるまで、どれくらいの時間がかかったんだ」

「状況を考えあわせると、十分か、もう少しかかったかもしれない」

デッカーは窓の外に目をやった。校舎の正面口は、グラウンドもあるので、道路からはかなり離れている。道路を渡ると住宅地がある。

「あそこの住民は何も聞いていないのかい。銃声とか悲鳴とか」

「まだ聞きこみをしているところなの。サイレンサーを使っていたのかも」

「ショットガンには普通つけられないはずだ。わたしが言いたいのは、迷彩服を着て、フードとフェイス・シールドを被り、長いショットガンを持った男がここから出てきたのに、なぜ誰の目にも留まらなかったのかということだ。それに入っていくところも誰にも見られていない」

また息苦しくなってきた。額に汗がにじんでくる。手袋をした手を壁につく。ランカスターは異変に気づいていたかもしれないが、そのことには触れなかった。

「防犯カメラによれば、犯人は裏のほうから入ってきた。学校の裏には、古い基地以外は何もない。だから誰にも見られなかったのかもしれない。あるいは裏にあるごみ用のコンテナに隠れていて、そこから出てきたのかもしれないわ」

デッカーは腹をさすった。

「エイモス、だいじょうぶ？」

「食生活がひどいからな。コンテナは調べたのか」

「全部調べたけど、何も見つからなかった。基地のフェンスも調べてみたけど、不審な点は何もなかったの。蔦や雑草がかなり生い茂っているから、誰かが通ったら跡が残るはず」

「犯人は裏から入ってきて正面へ向かった。そしておそらく正面から出ていった。どうやったら誰にも見られずに済むんだろう。通りの向こうには住宅があるし、車の往来もある」

「道に面している住宅は、全部空き家なの。差し押さえられたのよ。それに、このあたりには労働者階級が住んでいる。午前のあの時間帯は、みんな働きに出ているわ。校舎は道からかなり離れているから、音が聞こえなくても不思議ではない」

「でも、車は通っていたはずだ。生徒や教師たちが悲鳴をあげるのが窓から見えたかもしれない。携帯電話で九一一に通報もあっただろう。警察の車もすぐに来たはずだ。わたしもたまたま第二分署の近くにいて、次々に車が出ていくのを見ていた。署から学校までは車でどれくらいかかるんだい。十五分くらいか」

「ええ、そのくらいよ」

「学校の外では誰も犯人を見ていなくても、教室の窓からは出ていくのが見えるはずだ。携帯電話で写真を撮ることもできる。覚えている限りでは、どの教室の窓からもまったく見えない出口はひとつもないはずだ」

「そんなことを知っているなんて、さては高校時代何度も抜けだしていたのね」

「毎日のようにね」

「それじゃかなわないわ。わたしは隣の郡の高校に行っていたんだもの。ここはあなたにとって庭みたいなものね」

「それでも侵入経路がわからないんだ。どうやったら誰にも見られずに入れるのか。裏から入ってきたとしても、そこを見おろせる窓がある」

「でも、二階と三階は使われていないそうよ」

「一階には裏口が見える窓がある」

ランカスターはただ首を振った。

「学校の内部は調べたのかい」

「いまも調べているわ」

「教職員や生徒たちは？」

「安全のために避難させたわ」

「安全のため？」頭と腹に痛みを感じていたが、それを無視してデッカーは言った。

「犯人がまだ学校に残っているかもしれなかったのよ。最優先すべきなのは、人々を安全な場所に移動させることでしょう」

「じゃあはっきり言うが、誰も犯人が出ていくのを見ていないなら、ほかの人々と一緒に犯人を安全な場所に避難させてしまった可能性も否定できないだろう」

「犯人の特徴に関する情報が入るまでは、誰も出ていかせなかったわ。女性は明らかに対象外だった。目撃者たちは全員、犯人は男だと言っていたわ。そして、学校に残っている者で特徴が一致するひとはいなかった」

「生徒でも？　最近の子どもは大きいだろう」

「大柄な男子生徒は全員、アリバイがあるの。ほとんどが運動部に入っていて、よく知られている顔なのよ。みんな、三十人以上の生徒たちと一緒に教室にいたわ。彼らが犯人だということはありえない。男子生徒で事件時に教室の外にいたのは四人。いちばん大きい子でも百七十五センチで、体重はせいぜい七十キロだったそうよ」

「欠席していた生徒はどうなんだろう」

「調べているところよ。そのうちわかるでしょう。でも、わたしの直感では外部の人間だと思う」

「男性教師にはそういった体格の者はいないのかい」

「体育の教師がそうだったけど、殺されたわ。教頭も同じだけど、やはり殺された。それ以外はみんな、身長は百八十センチに満たないし、体重もせいぜい八十キロ弱くらい。肩幅が広いと言えるようなひともいない。体重だけで見れば、化学の教師がそれに近いけど、身長は百七十センチ。いずれ心臓発作を起こしそうな体型ね」

「それじゃ、犯人はいったいどこへ？　ここまでは車で来たんだろうか」

ランカスターは首を振る。「それはないわ。あの時間帯に車が出入りするのは誰も見ていない」

「きみの話では、車だけじゃなくて人っ子ひとり出入りしていない」

「不可解よね。まだ校舎に隠れているとしたら、絶対に捕まえるわ。学校は完全に包囲されている。いまは誰も外に出られない」

「もう校舎のなかの捜索は始まっているんだな」

「みんなを避難させたあと、一センチ単位で捜索しているの。誰にも見られずに出ていくことは不可能よ」

「それじゃ、捜査は袋小路に入ったも同然だ」

首を傾げ、ランカスターはガムを嚙む。「もう一度考えてみましょう」

「校舎に残っている者はいないし、出ていくところも見られていない。だとしたら、犯人は学校関係者だ。教師か、生徒か、職員か。生徒の保護者も考慮すべきだろうか」

「年齢を重ねているだけ、肝は据わっている。考えてもいいかもしれない」

「犯人の映像を見られるかい」

ふたりは図書室に向かった。木の扉をあけてなかに入ると、静寂に包まれているはずの図書室は一変していた。FBIと州警察が大部分の場所を取り、ランカスターと部下たちに与えられていたのは隅のわずかなスペースだけだった。

ランカスターはそこへ歩いていったが、デッカーは図書室の入口に立ちどまっていた。現場を離れてからそれほど長くはないはずなのに、急に大きな隔たりを感じてしまった。そもそも人ごみが好きではない。ここに足を踏みいれ、大勢の捜査員に加わる気にはとてもなれなかった。踵《きびす》を返してレジデンス・インに戻り、ドアを閉め、目を閉じ、さまざまな色が襲ってくるに任せたい。第一、自分に何ができるというのか。家族を殺した犯人も見つけられないのに、こんな大事件の犯人など捕まえられるはずがない。扉に目をやる。逃げるならいまのうちだ。

「エイモス！」

振りむくと、ミラーがこちらへやって来るのが見えた。いまは制服を着ている。手を差しだしてきたので、仕方なくそれを握った。

「来てくれてありがたい。きみのアドバイスを検討してみる」

デッカーは図書室にいる捜査員たちに目をやった。「これだけの人数がいれば手は足りるでしょう」

手を引っこめようとしたが、ミラーはしっかりと握って放さず、デッカーを見据えている。

「こんなのは見かけ倒しだ。きみに捜査に加わってほしい。きみには力がある。そう、特別な力が。なんとしても犯人を捕まえなきゃならない。こんな事件はもう終わりにするんだ」ミラーはまだデッカーの顔を見据えていた。デッカーは仕方なく視線を返した。「エイモス、もう終わりにしたいんだ。わかってくれるな。きみならこの気持ちがわかるだろう」

「ああ」デッカーは答えた。「わかるよ。どうすれば終わらせられるかは、まだわからないが」

ミラーはようやく手を放した。「〝パートナー〟のところへ行ったらどうだ。きみたちふたりがまたそろってくれて嬉しく思う」

デッカーは何も答えず、背を向けてランカスターのほうへ歩いていった。

逃げそこねてしまった。入口に立っていたとき、デッカーが何を考えていたのかはミラーもお見通しだったのだろう。容赦なく退路を断たれてしまった。

デッカーは地元警察の捜査本部に行き、ランカスターの隣の席についた。テーブルにはいくつものラップトップPCが設置されている。床にはたくさんの電源タップがあり、そこから伸びたコードの先にはコンピューター、プリンター、スキャナーなどがある。ファイルや書類、タブレット端末を手にした捜査員が行き来している。誰もが必死の形相だった。この学校に子どもを通わせている者も多い。犯人を捕まえたいという思いはとてつもなく強いはずだ。

ミラーがデッカーの名前を呼んだとき、刑事や制服警官の数人がこちらを見た。会釈をするか、単に冷たい視線を投げてくるだけで、話しかけてくる者はいなかった。警察を辞めるとき、すべてを円満に済ませられたわけではない。いまだに何か根に持っている者がいるのかもしれない。

いずれにせよ、この場に呼ばれてしまった。仕事に取りかかるしかない。

ランカスターを見て言った。「映像を見せてくれ」

いくつかのキーが叩かれ、数秒後に粗い映像が流れだした。

「犯人が来たわ」

映像に入っている時刻を見る。「八時四十一分。授業が始まる時間は？」

「八時半ちょうどよ。それまでに教室で席についていなければならないの」

「裏口のドアから入ってきたと考えているんだな。映像はそこにあった防犯カメラのものなんだろう」

「ええ」

「鍵がかかっているんじゃないのかい」

「そのはずよ。でも、こじあけるのも不可能ではない」

「そういった痕跡《こんせき》があったのか」

「ドアは七十年代から取り替えられていないの。ひどく傷んでいるわ。こじあけられたかどうかを判断するのは無理よ」

またいくつかのキーが叩かれ、廊下の映像がズームインする。「ドアはかなり古くてぼろぼろで、まるでめったうちにあったみたいに――」そう言ってから、ランカスターは自分の言葉に戸惑ったような表情を浮かべる。「表現が悪かったわ。ともかく、侵入してから向かった廊下はわかっている。そしてここに映ってから間もなく、デビー・ワトソンと出くわした」

「それじゃ、最初の銃撃は八時四十二分ごろということだな。カメラの時刻から一分後にデビーと会ったと考えると」

「そうね。それに、ショットガンの銃声も聞かれている。聞こえたときに反射的に時計を見た者も多かった。八時四十二分でほぼ間違いないと思うわ」

「わかった」デッカーは次に何を訊くべきかと考えた。質問は自然に出てくるはずなのに、なぜか出てこない。勘が鈍っている。慌ただしく動いている捜査員たちが、自分よりもはるかに熟練しているように見える。かつては自分もこのなかのひとりだった。だが、家族が殺されてから完全にこの生活と縁を切ってしまった。正直、手伝うどころか足手まといになるのではないかと思った。

ランカスターを見ると、心配そうな表情をこちらに向けていた。

「自転車に乗るのと同じで、感覚はすぐ戻るわ」考えていたことはお見通しのようだ。

「そう簡単にはいかないかもしれない、メアリー。ひとまず様子を見てみるが。役に立てないようなら、わたしはここにいるべきじゃない」

ランカスターは画面に視線を戻した。「ここの防犯カメラは音声を録る機能はないの。隣の廊下にはカメラはないわ」

「どうしてないんだい」

「予算に限りがあるからよ。きちんと動いているカメラがあっただけでもラッキーだわ」

しばらく考えてから言った。「カメラが壊れても、見かけだけでも効果はあるから残しておくんだろうか」

「そうよ。動いているかどうかはわからないから」

「だが、犯人はこの一台を除いて、すべての防犯カメラを避けた」

「映っていたからといって、たいして重要じゃないのかも。完全に身元がわからないようにしていたんだから。犯人の詳しい特徴を知るすべはないわ」

デッカーはゆっくりとうなずきながら、頭のなかでその事実をまだ考えつづけていた。

画面上の映像をふたたび見る。フードとフェイス・シールド。映像では、フェイス・シールドに光が反射している。デッカーは獲物を狙う猟犬のように、画面に近づいた。

「これだけいろいろ被っているのに、顔は正面から映っていない。カメラの位置を知っていて、なるべく映らないようにしたんだろう。どうせ顔はわからないのに」

「そこが重要な点だと思うのね」

「いまの段階では、重要でないことは何ひとつない」

ランカスターはうなずいた。「あなたが教えてくれた第二のルールだわ」

「第一のルール、誰であろうと疑ってかかれ」デッカーは淡々と言った。視線は犯人の映像に向けたままだ。

何も言葉が返ってこないので、デッカーはランカスターを見た。

「感覚はすぐに戻ると言ったでしょ。あなたはこれまで出会ったなかで、もっとも優れた刑事だった。いまでもそうだと思うわ」

デッカーは目をそらした。ほめられたことに照れたわけではない。脳の変化により、そういった感情はすでに失ってしまった。

「犯人が角を曲がるところまで、映像を全部流してくれないか」

映像が流された。デッカーはそれを三回繰りかえさせた。

ようやく椅子の背にもたれ、デッカーは画面を見つめたまま思案をめぐらせた。

ランカスターがこちらを見ている。「何か気づいたことはある？」

「たくさんある。だが、あの格好をして武器を持った男が、忽然と姿を消した理由まではわからない」

「幽霊とか魔法は信じないわ」

「わたしもだ、メアリー。ただ、ひとつだけ言えることがある」

「それは何？」

「犯人がこのまま逃げおおせることは決してない」

ランカスターはこちらを見据え、考えこむような表情になる。「レオポルドのことを言っているように聞こえるわ」

肩をすくめ、視線をはるか遠くへと向けて言った。「ある意味、犯罪者は誰もがレオポルドなんだ」

13

ミラーの承認を得てランカスターが手続きし、デッカーに関係者用のバッジが渡された。犯罪捜査の経験が長いので、現場を歩くときも証拠を壊したりする心配はない。デッカーは報告書を読み、映像を何度も見て、知っている捜査員とは言葉を交わし、知らない捜査員とは会釈を交わした。なんの苦もなく仕事を進めるにはまだ時間がかかりそうだが、少しずつ勘を取りもどしつつあった。デッカーの強みは観察力だ。一見するとほかの捜査員と同じように周囲を見まわしてただ観察しているようだが、その力は別格だった。多くの者が見逃してしまう非常に小さな手がかりを見つけ、そうした発見を積み重ね、犯罪者を追いつめていく。

この現場でも数多くのものを観察したが、すべてが事件につながるとは限らない。いつものことながら、ＦＢＩはクジャクのように振る舞っている。胸を張って歩きまわり、人材や設備の豊富さで周囲を圧倒している。だが、警察はそれほど不快には思っていないようだ。犯人を捕まえるという目的は同じだということだろう。

デッカーは型どおりに仕事を進めることにした。これまでも数えきれないほどの事件を同じように捜査してきた。ひたすら歩き、観察し、聞きこみを行い、報告書を読む。学校のまわりを何周も歩いて、さまざまな視点で現場を観察する。それから校舎に戻り、すべての窓から外を見てみる。夜は更け、夜明けまえの最も暗い時間になっていた。すでにここに四時間いる。これといった証拠が見つからないので、十分しか過ぎていないように感じる。だが、それでいい。奇跡とかひらめきといったものは、犯罪捜査にはほぼ無縁なのだ。そういったものが見たければテレビをつけることだ。現実の世界では、結果が出るまでには時間がかかる。きわめて地道な作業をこなし、ひたすら事実を積みかさね、それらを基に推測したり結論を出したりする。少しくらい運に恵まれてもいいのではないかと思わずにはいられない。

間もなく夜明けというころに、ようやく死体が安置所に運ばれていった。敷地の奥にトラックの荷降し場があり、そこは鉄製のポールに張られたブルーシートで覆われていた。死体を乗せたヴァンが一台、また一台と、狭い壁のあいだを出ていく。シートの向こうでは、厚手の黒い袋に入れられた死体が運びだされている。死体には名前があるはずだが、番号もつけられる。まるでもう人間ではなくなったかのようだ。犯罪捜査における駒のようなものなのかもしれない。デビー・ワトソンは被害者一号。デビーの死体を起点として、ほかの被害者にも番号が振られる。体育教師のジョー・クレイマーは被害者二号。そうやって番号が振られ、死者のリストがつくられていく。

デッカーは荷降し場に近い校舎の外壁にもたれかかり、ブルーシートを見ていた。

それから目を閉じる。青は家族の殺害を思わせる色だ。外の世界で色を見るのはできるだけ避けたい。頭のなかに浮かぶ色でもうたくさんだった。

基本に戻れ、エイモス。ゆっくりと、着実に。方法はわかっているはずだ。長年やってきたことだ。メアリーの言ったことは正しい。きっと自分ならできる。

動機はなんなのか。

すべては動機から始まる。なぜこんなことをしたのか。欲、嫉妬、衝動、復讐、ささいなきっかけ、狂気。狂気はもっとも手ごわい。狂った者の考えを読みとることはむずかしい。

だが、この犯人は冷静に手順を踏んでいる。学校の内部についての知識がある。そして、一切肌を露出させないようにしていた。黒人か白人かもわからない。しかし過去の例を見ると、大量殺人を犯すのはたいてい白人の男だ。犯人の体格や体型から、男であることは間違いない。

フェイス・シールドをつけるというのはあまり例がない。身を守るためではないだろう。そんなもの程度では、弾丸を受けたらひとたまりもない。やはり顔を隠すためだ。

死体を乗せた最後のヴァンが出ていく。警告灯はついているが、サイレンは鳴らされていない。死者を急いで運ぶ必要はない。どの死体も、手がかりを探るために検死官によって切りきざまれる。いちばん手がかりとなりそうなのは弾丸だった。どんな弾丸が使われていたのかを調べるのだ。おそらく犯人は被害者に指一本触れていない。触れなければ、証拠を残すこともない。それでも弾丸があれば、時間はかかるだろうが、いずれどんな銃が使われたかがわかる。銃の所有者がわかれば、この凄惨な事件を起こした犯人に近づける可能性がある。

図書室に戻ると、ランカスターがノートに取ったメモを読んでいた。デッカーが近づいていくと顔を上げた。

「まだ残っていたのね」欠伸《あくび》をこらえながら言う。

「ほかの場所に行く気がしない」

ランカスターの隣にすわる。

「いつものように歩きまわってきたの？」

デッカーはうなずいた。「だが、何も見つからなかった」

「きっと見つかるわ。時間をかければ」

「サンディはアールと一緒にいるのかい」

ランカスターはうなずいた。「夫ももう慣れているわ。ここのところずっと帰りが遅いから」部屋を見まわしてから言う。「ここまでではなかったけど」

ゆっくりとうなずく。雑談は苦手なので、これ以上続けられない。「目撃者の調書はできているのかい」

「ノートに書いたものを打ちこんでいるところよ。目撃者は少ないわ。ただ、負傷した教師にはまだ話を聞けていない。無理かもしれないわね。亡くなれば、被害者は九人になる」

「アンディ・ジャクソンか。どんなふうに撃たれたんだ」

「生徒によれば、犯人を止めようとしたらしいの」

「どうやって」

「走っていって、生徒たちの前に立ちはだかった」

「それは生徒がひとり撃たれるまえか、それともあとか？」

「あとよ」

デッカーはそれについて思案をめぐらせた。ランカスターがこちらを見ている。

「とても勇敢な男性ね」

デッカーは答えなかった。

「目撃者の調書を読ませてくれ」そう言ったデッカーの声は力強く、自信に満ちていた。

変化に気づき、ランカスターは微笑みながらノートを手渡した。

すべてのページを丁寧に読む。読みおわると二ページめに戻り、それから十ページめを読んでから、ノートを脇に押しやった。

「何かわかったことはある？」仕事をしながらときどき様子を見ていたランカスターが訊いた。

立ちあがって言う。「すぐに戻る」

「デッカー！」

その巨体からは想像できないほどデッカーは素早く去っていった。多少はフットボール選手としての感覚が残っているのかもしれない。図書室を出て扉を閉め、廊下を歩いていった。

ランカスターはあとを追わなかった。十年間パートナーだったので、デッカーの行動には慣れている。車のボンネットに蜂がとまって飛んでいっただけでも、誰にも何も言わずに行ってしまうような男なのだ。だからそのまま仕事に戻った。


十歩ほど進んだところで足を止め、デッカーは校舎の前の駐車場を窓から見た。雨が降りはじめている。そして、たくさんのキャンドルのような光が浮かんでいる。もちろんキャンドルではない。そうだったら雨で消えてしまう。それは携帯電話のライトだった。犠牲者を追悼する人々が集まっているのだ。バーリントンの住民全員がそこにいるかのようだった。おそらくそれに近い人数だ。ここで起きたことを考えれば、それだけ集まるのは当然だろう。

家族が殺された次の日の夜、デッカーの自宅のまわりにも、追悼のために人々が集まった。そのときは本物のキャンドルだった。多くの花束やメッセージ、ぬいぐるみなどが山のように置かれた。それらは支援、愛、連帯感、思いやりなどの証だった。ありがたいはずなのに、その山を見ると吐き気とやるせなさがこみあげた。悲しみを通り越して怒りを覚えるほどだった。

窓から顔をそむけて歩きだすと、雨が強まって校舎を叩く音が聞こえてきた。外では携帯電話がしまわれ、次々にライトが消えていることだろう。それとも、雨に濡れるに任せているだろうか。犠牲者たちを追悼するため、携帯電話まで息絶えさせる者もいるかもしれない。

顔見知りの刑事の近くを通りすぎる。図書室にいたスーツ姿の男と話をしている。FBIの捜査官だ。刑事はデッカーに会釈した。

「事件のコンサルタントになったと聞いたよ。また会えてうれしい」刑事は言った。

デッカーはためらいがちにうなずき、FBI捜査官に目をやった。相手はこちらを上から下まで眺め、品定めをしている。その表情から、あまりいい感情は持たれていないようだ。

「ああ」どうにかそれだけ言うと、デッカーは急いでその場を去った。

すぐにいまの出来事を頭から追いやった。思考を素早く切り替えることは難なくできる。

何かがおかしいことに気づいていた。だからこそ図書室を急いで出たのだ。

ノートの二ページめだ。

メリッサ・ダルトンという二年生の生徒が、ロッカーに教科書をしまったことを話していた。朝の早い時間で、七時二十八分だった。授業が始まるまでに一時間もある。病気で欠席したため、追試を受けるために早く来たのだ。

正確な時間を覚えていたのは、メリッサが遅刻を心配し、ロッカーの上にある時計を見たからだった。病気で休むまでは無遅刻無欠席だった。四年間ずっと皆勤賞並みの努力を続ければ、自分専用の中古車を両親に買ってもらえることになっていたので、時間を守ることはメリッサにとって大事なことだった。

七時二十八分。

その時刻に、メリッサはある音を聞いたとランカスターに話していた。始業のベルが鳴る一時間と二分まえに、何かを聞いていた。そしてベルが鳴ってから十二分後の八時四十二分に、犯人が廊下の角を曲がって銃を構え、デビー・ワトソンはその顔と命を失うことになった。ただお腹の調子が悪かったために。

だが、メリッサ・ダルトンはなぜそんな音を聞いたのか。

小さな事実を見逃さないことで、事態を大きく打開できることがある。
デッカーは歩きつづけた。

14

デッカーは足を止め、あたりを見まわした。体育館は一階の端の廊下からずっと左に行ったところにある。その廊下から手前には教室があり、裏口がある。中央の廊下をはさんで反対側には教室と用務員室があり、外へ出ると荷降し場がある。中央の廊下は校舎の正面口と裏口を結んでいて、フロアをちょうど半分に区切っている。そこから左右に三本ずつ、木の幹から伸びるまっすぐな枝のように廊下が伸びている。

校舎の側面にはまんなかに出入口があり、西側の廊下の奥にも一カ所ある。全部で出入口は東西南北も含めて五カ所となる。

裏口に向かい、防犯カメラを見あげる。そこから少しずつ動いて、そのたびに防犯カメラを見あげてみる。

なかなか興味深い。

中央の廊下を校舎の前方に向かって歩き、正面口に近づく。左に曲がり、廊下を進んでいくと、左手にカフェテリア、右手に図書室がある。

メリッサ・ダルトンのロッカーはカフェテリアの正面にあった。ロッカーを見る。その奥には図書室があり、ランカスターが仕事をしている。図書室の向かいにあり、教室の隣にあるカフェテリアはかなりの広さがあった。

高校時代の記憶をたどると、カフェテリアの奥には食料の貯蔵室と調理場があることを思いだした。そこには外に出られるドアがあり、小さなコンクリートの荷降し場に食材が一時的に置かれていた。そう考えると、校舎にドアは七カ所ある。大きな出入口が五カ所、荷降し場に一カ所、そしてカフェテリアに一カ所。

七時二十八分に、メリッサ・ダルトンはドアがあいてから閉まる音を聞いたという。教室のドアではなかったらしい。シュー—ッという、瓶を真空にするときのような音が一緒に聞こえたというのだ。

瓶を真空にするときのような音。独特な表現だ。メリッサは化学の授業が好きで、真空についての勉強をしたばかりだったらしい。だからそんな表現が出てきたのだろう。その言葉の横には、ランカスターがいくつものクエスチョン・マークと星印を書いている。あとで検討するつもりだったのだろう。マークを書いたのも無理はない。確かに不可解な言葉だ。

それが二ページめに書かれていたことだった。

十ページめにも興味深い証言が書かれていた。二ページめの証言と関連がありそうな気がしたので、ここに足を運んだのだった。

カフェテリアの従業員は八時四十五分きっかりに出勤してくるということだった。

早く来ることも、遅く来ることもないらしい。それについては事件のあと、複数の証言が出ていたので間違いなさそうだった。従業員は全員女だ。百八十八センチで九十キロを超える、肩幅の広い男は含まれていない。

銃撃が始まった八時四十二分、校舎に入っていた従業員はひとりもいない。四人は車から降りるところで、ひとりは駐車場に入っていくところだった。

カフェテリアに入り、周囲を見まわす。反射的に、ジャケットの下にある腰のホルスターに入れた拳銃に手をやった。親指で安全装置を外す。すでに薬室に弾は送りこんであった。明かりは消えている。スイッチを見つけたので、肘でオンにする。

カフェテリアのまんなかを歩いていく。周囲のテーブルの上には椅子がきっちりと載せられている。端まで行くと、ステンレスとガラスでできたカウンターがある。そこに料理が置かれるのだ。料理を入れるプレートはすべて空だった。何もかもが洗ってあり、皿もきれいに重ねられ、準備は万端といったところだ。腹をすかせた生徒たちと、料理を出す従業員の姿がないことを除けば。

床に目をやる。足跡は残されていない。奥にあるひらけた空間へと歩いていく。そこには料理をカウンターに運ぶためのワゴンが置かれていた。壁にぴったりと寄せてある。モップやバケツといった掃除用具も置いてある。

だが、そういったものに興味はない。

貯蔵室のなかに入る。興味があるのは、いちばん奥にある、ビルトイン式の大型の冷凍庫だった。

シューッという音。真空にするときのような音。おそらく冷凍庫のドアを閉める音だ。

あるいはあける音か。

拳銃を取りだす。冷凍庫のなかに迷彩服を着た犯人が隠れているとは思わない。カフェテリアも捜索されただろうし、もちろん冷凍庫もあけられているはずだ。だが、これまでの経験から、どんな可能性も否定してはならないということは身をもって知っている。一瞬でも気を抜けば、デッカー自身も遺体袋に入れられて運びだされることになりかねない。

冷凍庫のドアに拳銃を向け、一歩横に行ったところに立ち、ジャケットの袖ごしにハンドルをつかんで上に強く引いた。ドアが大きくあく。

シューッという音とともに、密封されていた空気が流れだした。朝の早い時間なら、この音は誰もいない静かな廊下に響き、メリッサ・ダルトンの耳にも届いたことだろう。ちょっとした実験によって、メリッサの証言の裏が取れた。

デッカーはうしろに下がり、作業台の奥で拳銃を構えた。少しずつ動いていくと、やがて冷凍庫の内部がすべて視界に入る。食料以外は何もない。だが、事件があった日の朝七時二十八分もそうだったとは限らない。

冷凍庫のなかに入り、あたりを見まわす。ドアは安全のために、なかからあけられるようになっていた。閉じこめられて凍死する心配はない。

そのときに気づいた。感じたと言ってもよかった。

冷凍庫のなかは氷点下なので非常に寒いはずだ。だが、そこまでの寒さは感じない。もしかすると外気温のほうが寒いくらいだ。

温度計を見てみる。それもそのはずだ。七度もあるのだ。庫内にある容器をいくつかあけてみると、思っていたとおりになっていた。肉などの食材はすっかり解凍され、傷みはじめている。廃棄しなければならないだろう。

犯人は冷凍庫の温度を上げ、ここを隠れ場所にしていたのだ。メリッサ・ダルトンが音を聞いたことは事実だ。その音とともに、七時二十八分にここにあらわれたのだ。だが、なぜ冷凍庫に隠れる必要があったのか。そもそもどうやって校舎に侵入したのだろうか。日中だと冷凍庫は使われるだろうから、来るのはカフェテリアの営業終了後でなければならない。なおかつ、事件の前夜から朝のあいだに来ている必要がある。あまりもたもたしていると、出勤してきた従業員に見つかりかねない。

次の疑問。ここに来ることになんの目的があったのだろうか。

そしてもっとも大きな疑問は、校舎の前方にあるカフェテリアから、後方の裏口までずっと歩いて移動したとしたら、なぜ誰にも目撃されていないのかということだ。テレポーテーションでもしたというのか。

新たな疑問が次々に浮かび、容疑者の候補も数多く浮かんでくる。訪問客、生徒の保護者、外部の業者などはどうか。そういった人々について、ランカスターは触れなかった。だが、事件当時に学校にいた人間はそこに残され、聞きこみをされたはずだ。犯罪捜査の基本中の基本だ。話も聞かれずにただ出ていく者はいない。だが、銃撃が起きてから警察が学校を封鎖するまでは時間があいている。そのあいだに逃げたのかもしれない。誰にも見られずに出ていくのはむずかしいはずだが。

デッカーは冷凍庫から出てドアを閉めた。数歩離れてから冷凍庫を見あげる。冷凍庫の外側には隠れる場所はなさそうだ。だが、あることに気づいた。

椅子をつかみ、貯蔵室のまんなかに置いた。椅子の上に立つと、背が高いせいで天井に頭をぶつけてしまった。天井はドロップダウンと呼ばれる造りになっていて、実際の天井から六十センチほど下に金属の枠組を設置し、そこに薄いタイルを張ってある。学校が建てられたずっとあとに施工されたものだと思われた。一九四〇年代にドロップダウンの天井はなかったはずだ。

天井のタイルをひとつ外し、なかをのぞいてみる。携帯電話のライトで暗がりを照らす。電気の配線、パイプ、スプリンクラーや空調の配管などでごちゃごちゃしている。ここには隠れられるほどの空間はなさそうだ。隠れたとしても、軽いタイルでは体重を支えられないだろう。椅子をべつの場所に三回置きかえて天井裏をのぞいているうちに、あるものを見つけた。天井ではなく床に、粉のようなものが落ちている。すでに調べた天井の真下の床を見てみると、同じような粉が落ちていた。タイルを外したときにこすれて出たのだろう。だが、デッカーはその場所のタイルは外していない。

貯蔵室のなかのものを、さまざまな角度から写真を撮る。それから椅子を先ほどの場所に置いて、その上にのぼる。ジャケットの袖を手に被せ、すでにある指紋を汚したり、余計な指紋を残したりしないように気をつけながら、ゆっくりとタイルを押しあげた。のぞきこんで見まわす。何もなかった。パイプもコードも配管もない。そこにあるのは、何かを隠すことのできる空間だった。フードなどの身元を隠すものや、武器なども置けそうだ。

一センチ単位でそこを調べていくと、ついに見つけた。

金属の枠組みに繊維が引っかかっている。ライトで照らすと、ベージュ色のようだった。べつの場所には、埃がこすられたような跡がある。さらに、油の染みのようなものもあった。ショットガンが置かれたのかもしれない。

どこにも触れず、椅子を降り、携帯電話からランカスターにメールを送った。鑑識班に徹底的に調べてもらう必要がある。小さな荷降し場に出られるドアのところへ歩いていき、そこで待つことにした。

「うわっ」

鍵がかかっているように見えたが、もたれかかったらドアがあいてしまった。荷降し場に出ると、そこは百八十センチほどの高さの木の柵で囲まれていた。デッカーの身長ならその上から外を見渡せる。荷降し場には、ごみを入れるための缶と小型のコンテナがある。片隅には木箱が積みあげられている。柵についている扉をあけ、顔を出してみる。

二台分の駐車スペースがあるが、車はない。その先にはひび割れたアスファルトがあり、さらにその奥には金網のフェンスがある。フェンスの手前には、三メートルはありそうな木々や低木などが並んでいる。フェンスのほうへ向かって歩く。カフェテリアの出入口からまっすぐ進み、木々をかき分けていく。金網にたどり着くと、まんなかあたりが破れていた。携帯電話のライトで照らしてみる。錆びているので、長いことその状態だったのだろう。そこをくぐるとまた低木が並んでいて、かき分けていくと小道に出た。その先は、ずっと昔からある林になっていた。

ここからなら出入りはたやすいだろう。

15

ランカスターは次々とガムを口に放りこみ、鑑識班がカフェテリアと貯蔵室を調べるのを待っていた。外では警察とＦＢＩが、デッカーが知らせた逃走経路を調べている。

デッカーはカフェテリアの壁にもたれ、両手をポケットに入れて捜査の様子を見ていた。ランカスターが歩み寄ってくる。

「冷凍庫は一度調べたの。でも食材や温度計は見なかった。うかつだったわ。いずれ気づいたとしても、もっと遅かったと思う」

「犯人が隠れていないかどうかを調べていたんだろう。ハンバーガーが腐るかどうかじゃない。そんなことはわたしも気にしない。ただあちこち見てまわっただけだ」

「そうね。何も言わずに図書室を出て行ったあとに。呼びとめたのよ。一緒に行くこともできたのに」

ランカスターの傷ついたような表情に気づき、つい顔をそむける。一緒に行くという考えはまったく浮かばなかった。ランカスターはまだ警察にいるため、これをふたりで発見すれば手柄となり、警察でのキャリアに箔がついたことだろう。デッカーがひとりで発見したのでは、なんのメリットもない。

「いや、わたしはただ……」

「もういいの。正式にパートナーを組んでいたときも、あなたはそうだったから」

「えっ？」

「そういう性格なんだから仕方がないわ。素晴らしい記憶力を持っているんだから、自分のしたことくらい覚えていてよ。わたしにしたことだけでも」

「メアリー、悪気はなかったんだ」

ランカスターの表情から険しさが消える。「いいの。あなたが勘を取りもどしてきたってことね。予想どおりだわ。それがいちばん大事なことよ」

「きみはわたしがいないと事件を解決できないわけじゃない。能力は充分にある」

「エイモス、本当はね」ランカスターはガムを噛みながら下を向いた。「ずっとあなたと仕事がしたかったのよ。わたしたちはいいチームだった」

デッカーはうなずいたが、何も言わなかった。

しばらく間があき、なんの言葉も返ってこないので、ランカスターは口をひらいた。

「犯人がここから入ってきたなら、なぜ裏口の防犯カメラに映っていたのかしら。不可解だわ」

デッカーは壁から離れた。「説明するよ」

校舎の裏口へ向かい、犯人の映像をとらえた防犯カメラに近づく。「カメラの角度をよく見てくれ」

ランカスターはレンズを見あげて言った。「わかったわ」

まず裏口のドアに背を向けて立ち、それから左へと動く。「カメラの映像はこの場所を映していた。映像を確認したので間違いない。ここなら脇の出入口のドアが映りこむんだ」

「犯人がそういう細工をしたってこと？　校舎の脇から入ってきて、このカメラに映りこんだのかしら」

「そうすることで、裏口から入ってきたように見せかけた。本当はそこからは入っていないのに」

「なんでカメラがそんな向きになっていたのかしら」

「角度を動かすことは可能だろう」

デッカーはカメラに近づき、腕を伸ばしてみる。「わたしくらいの身長なら届く。そうでなくても、棒やデッキブラシがあれば、角度を変えることは可能だ。誰も気づかないだろう。映像を二十四時間体制で監視しているわけじゃないだろうし」

「なんだか、ますます複雑なことになっていくわね」

「いや、計画的な犯行であることが明らかになってきているんだ」

「煙草を喫いに出ない？」

デッカーはきょとんとして言った。「煙草は喫わない」

「頭がすっきりするわよ」

「肥満か喫煙か、どっちか片方で充分だ。両方はいらない」

ふたりはもとの方向に歩きだした。

カフェテリアに着くと、ランカスターはまたガムを口に放りこんで嚙みはじめた。

「ミラー警部が、あなたを捜査に入れて効果てきめんだと喜んでいたわ」

「効果？」

ランカスターはカフェテリアの空間を指さした。「この発見よ、デッカー。まったくもう。頭がいいのになんでそんなに鈍いの」

「確かに発見はしたが、だからなんだというんだ。犯人に直接つながることではない」

「犯人は温度を上げた冷凍庫に隠れていた。天井に武器と身につけるものを隠していたと思われる。前もってここにいたのなら、誰も入るところを見ていないのも説明がつく」

「それ以外に何か痕跡は見つけていないのかい」

「天井のタイルを支える枠組みに、油がついていた。銃についていたものかもしれない。それと、あなたが見つけた繊維。犯人が身につけていたものの一部のようよ。FBIが分析しているところ。大きな発見だわ」

デッカーはポケットから手を出し、親指と人差し指のあいだに一センチほどのすき間をつくって見せた。「この程度の発見に過ぎない。喜ぶことじゃない」

「でも、とても貴重なものだわ」

「警備システムのコントロール・パネルを見た。何時に作動するんだい」

「通常は夜十時よ。でも、あの日は行事があったの。演劇の上演が夜遅くまでやっていた。大勢の観客が来たわ。だから観客が帰るのを待って、作動させたのは十二時をまわったころだった」

「警報が鳴った記録はなかったのかい」

首が振られる。「なかったわ。真っ先に警備会社に問いあわせたけど、何もなかった」

「つまり、犯人は夜十二時よりもまえに侵入していたことになる。観客にカフェテリアから軽食が出されたりはしなかったのかい」

「出されなかったわ。わたしの友人が、子どもが出演しているので観に来ていたの。上演が終わったら、みんなすぐに帰ったって」

「じゃあ、犯人は警報システムが作動するまでのあいだに侵入して、身を隠したというわけだ」

「どうして銃を天井に隠したりしたのかしら。持ったまま冷凍庫に隠れたのではなくて」

「それは侵入してきたときに銃を持っていたと考えるからだ。前もって銃を持ちこんで隠しておいたとしたらどうだい。冷凍庫には隠せない。見つかってしまうから。天井なら見つからない。本当に隠していたとすればの話だが」

納得できないというように首が振られる。「一度に済ませればいいじゃない。銃を持ちこんで隠すのにはリスクがあるわ。そのあともう一度侵入して冷凍庫に隠れたとすれば、そこでも見つかるリスクがある」

「同感だ。だが、犯人が実際にそうしたなら、何か理由があったはずだ。とても用意周到で警戒心が強い」

「確かにそうね」

デッカーはひとりごちるように話しはじめた。「銃とフードや衣服をまず持ちこんだ。そのあと犯人自身が、演劇を観に来た観客のひとりとして入ってきた。少なくともほかの人間にはそう見えた。講堂はカフェテリアから行くとなると、中央の廊下を渡ったところにある。正面口から入ってくると、左に曲がったところだ。犯人は右に曲がってカフェテリアに行ったのかもしれない。駐車場が裏手にあるから、裏口からも観客が入ってきたとすれば、左右が逆になる。一晩じゅう隠れていて、朝になって銃撃を始めた。演劇のあった夜、誰かが見慣れない人間を見ていないか聞きこんでくれ」そこで言葉を切る。「だが、ここでいつも行きづまる」

「どうして？」ランカスターは口のなかのガムをティッシュに包んでごみ箱に放りこみ、新しいガムを口に入れた。

「デビー・ワトソンが最初の被害者だとする。デビーは裏口の近くに倒れていた。犯人が冷凍庫に一晩じゅう隠れていたとすれば、まずカフェテリアと図書室のあいだの廊下をずっと歩いていき、右に曲がって中央の廊下を歩き、ふたつの小さな廊下を通りすぎる必要がある。教室もたくさんあるし、ひとの目も多い。校舎の奥まで行ってから、ようやく最初にデビーを撃ち、また廊下をずっと歩いていき、教師のクレイマーを撃った。そこから校舎の正面へ向かっていくあいだに、次々に発砲した」デッカーは眉をひそめてランカスターを見る。「おかしいと思わないか。最初に校舎の前方で発砲してから、奥へ向かうほうが自然だと思う。そうであれば、デビーは最初ではなくて最後に撃たれることになる」

「防犯カメラに時刻が表示されていたのよ」

「そこが引っかかるんだ。校舎の後方から発砲しはじめたことを証明している。犯人はなんらかの理由で、あの防犯カメラに映ったところを見せたかった。カフェテリアに隠れていたとしたら、それを知られたくないためにカメラに細工したのかもしれない。ひとつ確かなのは防犯カメラの時刻だ。それと、カフェテリアに隠れていたこともほぼ確かだろう。両方とも事実なら、全体としてはなんだか嚙みあわない。1+1が3になったみたいに」

「なんだかよくわからなくなってきたわ」

「捜査資料のなかに、校舎の内部の図面は入っているかい」

ランカスターはうなずいた。

「見てみよう。もしかしたら犯人はわれわれの考えと逆のことをしたのかもしれない」

「でも、あなたが言うように校舎の前方から後方へ行って、また前方へ戻ったとすれば、犯人はカフェテリアの貯蔵室から外へ出て林のなかへ逃げこめる。簡単なことだわ。特におかしいとも思わないけど」

デッカーは大きく息を吸いこみ、吐きだして天井を見あげた。

「それこそ犯人がわれわれに思わせたいことなのかもしれない」

16

捜査の手腕に自信が戻ってきたことを感じながら、デッカーは資料を何度も読みかえした。目撃証言はさほど当てにならない。鑑識が採取した証拠は、ドラマで見るほど完璧なものではない。推論は推論にすぎない。そして最後に残るのが一般常識だ。それがもっとも確実で、捜査の助けになるものなのかもしれない。

ランカスターはラップトップPCから目をあげ、デッカーを見つめた。

「ここまでの考えを聞かせて」

短くした髭をさすっていると、腹が鳴りだした。外は明るくなっていた。最後に食事をしてからかなりの時間が経っている。だが、何食か抜いても構わなかった。何十日でも耐えられそうだった。ホッキョクグマのように、溜めこんだ脂肪で冬を乗りきれそうな気がした。

「一点め。犯人はカフェテリアから入ってきた」

「ええ」

「二点め。デビー・ワトソンが最初の被害者だった」

「それじゃ、また壁にぶつかるわね。1＋1が3になる。迷彩服にフードとフェイス・シールドを身に着けた大男が、武器を持って学校の端から端まで誰にも見られずに歩いたなんて。そして、犯行後はどこに行ったのか。消えたわけでもあるまいし」

「犯人が二人組だったとは考えられないかい。ひとりが冷凍庫から、もうひとりが裏口から来たとか」

ランカスターは首を振った。「ありえないわ。犯人はひとりだけよ。特徴は完全に一致している。まったく同じ背格好の男がふたり来たのならともかく」

「わかった。犯人はひとりとする。拳銃は簡単に隠せる。ショットガンはズボンのなかに入れたんだろうか」

「でも、服とかフェイス・シールドは？」

デッカーはしばらく思案をめぐらせた。「なぜそれもカフェテリアに隠したと考えているんだい」

「天井で繊維が見つかったからよ」

「だからって、全部をそこに置いたとは断定できない」

「じゃあ、廊下を歩くときに持ち歩いていたというの？　何に入れて？　銃はどうするの。あれだけの巨体なら誰かが気づいてもおかしくないわ。特に、見かけない顔だったら。それに、どこで着替えたというの」

「誰も、あの時間に廊下を歩いている者を見ていない。それは間違いないのか」

「ええ」

「誰ひとり？　本当かい。学校はひとが多いのに」

「生徒も教員も教室にいたのよ。ほかの職員はオフィスで仕事をしていた。事件が起きたせいで、すぐにデスクから離れることになったけど。体育教師もオフィスにいたところを撃たれたの。食べかけのエッグ・マフィンと、ほとんど手をつけていないコーヒーが残されていた。用務員も自分の部屋にいて、その日の予定を確認していた」

「廊下に誰もいないなら、見知らぬ人間が歩きまわっていても誰も気づかない」そこで、ふと気づいて言った。「すべてのドアには窓がある。犯人はたくさんのドアを通りすぎたはずだ」

「そのとおりね」

「来客はなかったのかい」

「受付に記録はなかったし、来たことを覚えている者もいない。それでも、誰も来なかったとは言いきれない。侵入は可能よ。あなたが言ったように、犯人は演劇の上演中に来たのかもしれない。そのとき学校は開放されていた」

「だが、なぜ冷凍庫に隠れる必要があったんだろう。夜間に警備員はいないのかい」

ランカスターは首を振った。「いないわ。でも、演劇の上演中に来たのなら、身を隠したかったのは確かでしょう。カフェテリアには誰も来ないことを、なんらかの理由で知っていたのかも」

「わかった。それなら筋が通る。デビー・ワトソンのことに移ろう。保健室に向かっていたんだな」

「そうよ。でも、ロッカーから何かを取ろうとしていたみたいなの。ロッカーの近くに倒れていて、扉があいたままになっていた」

「保健室は職員のオフィスの並びにあるんだな」

ランカスターはうなずいた。「中央の廊下を後方から正面に向かって歩く必要があるわ」

「どの教室から出てきたんだい」

「数学の教室よ。一四四号教室」

「用務員室の並びにある部屋かい」

「そうよ。そこの廊下は荷降し場につながる出口がある」

「われわれが推測したように、犯人がカフェテリアから入ってきたとしよう。移動の経路は、一階の校舎の前方から後方へ向かうというものだ。二階と三階が使われていないのは確かなのか」

「もちろん、引きつづき調べているところよ。でも、入学する生徒の数はここ数年減りつづけている。一階だけで全校生徒が入りきってしまうのよ。それなのに、フットボール・チームの人数に近い数の死者が出てしまった。上の階は物置として使われていたそうよ。鍵がかけられ、柵も設置されていた。調べたところ、無理やり入ろうとした痕跡は特になかったようなの」

「なんらかの理由で、犯人は校舎の後方に着くまで撃つのを控えなければならなかった。そこから銃撃を始め、廊下を歩きまわって教室に入り、次々に撃った。そして校舎の前方にあるオフィスで教頭を撃った。そのあとカフェテリアの荷降し場から逃走し、林へと逃げこんだ。本当にそれでいいんだろうか」

「校舎の前方から撃ちはじめて後方へ向かい、裏口から逃げなかったのはなぜかと思うのね」

デッカーは天井を見つめていた。「方法はいったん脇に置いて、動機を考えよう。マンスフィールド高校は荒れていた。ギャングやドラッグ、暴力などがはびこっていた。生徒たちは背伸びしすぎていた」

「異論はないわ」

「コロンバイン高校の再来なんだろうか。不満を抱いた生徒による犯行か。または、ここの生徒でないという可能性もある。別の学校の生徒か、卒業生か、退学した者かもしれない」

「データベースで該当者がないか調べているところよ。FBIに依頼したの」

「いつごろ結果が出るんだい」

ランカスターは目をこすり、腕時計を見た。「まだわからないわ。ねえ、一度帰って一時間ほど寝て、着替えてくるわ。アールも疲れていると思うし。サンディは最近あまりよく眠らないの」

デッカーもサンディに会ったことがある。優しくて陽気な子だが、非常にこだわりの強い面もある。そのため、時にささいなことを気にしてふさぎこんでしまうのだ。そうするとサンディは眠らなくなる。ということは、家族も眠れなくなる。

「もしよかったら、力になるが」デッカーは言った。

驚きの表情が浮かぶ。「それって、子守をしてくれるってこと？」

「いや、よくわからないが……何かできることがあれば」言葉が尻すぼみになる。モリーが幼かったころ、それほど面倒をよく見ていたわけではなかった。巨体の自分と比べてモリーはあまりにも小さく、壊れてしまいそうで怖かったのだ。

ランカスターは微笑んだ。「だいじょうぶよ。でもありがとう、エイモス。午前中には戻ってくるから、コーヒーでも飲んで話をしましょう。あなたも帰るなら送っていくけど」

「いや、まだしばらくここにいる」

「好きなだけどうぞ。何かあれば、いつでも電話をちょうだい」

荷物をまとめて出ていこうとしたとき、ランカスターはふと足を止めてデッカーを見た。「まるで昔に戻ったみたいだわ」

デッカーは答えなかったが、かすかにうなずいた。ランカスターは微笑み、背を向けて出ていった。

デッカーは図書室を見まわした。昨日からここで過ごした時間は、高校の四年間に図書室で過ごした時間をとっくに上回っているだろう。勉強が得意だから図書室に来なかったわけではない。それどころか苦手だった。じっとすわって本を読むタイプでもなかった。ところが、いまはちがう。貪《むさぼ》るように大量の資料を読みあさっている。何もかも記憶にとどめることができる脳は、果てしなく情報を欲していた。脳には容量の限界はないのだろうか。もしあるなら、自分の身体と同じように巨大であることを願った。

図書室の中央で仕事をしているＦＢＩの捜査官たちに目を向ける。誰もが身だしなみが整っていて、年齢層は若く、疲れを知らないかのように仕事に没頭している。糊のきいたシャツを着て、背筋と同様にネクタイもまっすぐに伸びている。時々、こちらをちらりと見る者もいる。太ったホームレスのような男が、自分たちの捜査本部でいったい何をしているのかと言いたげな視線だ。

少なくとも髭は剃ったし、髪も切った。そうでなければ、奴らは殺人鬼チャールズ・マンソンを太らせたような外見をしているという罪で自分を逮捕するだろう。

次の瞬間、ＦＢＩのことは頭から吹きとんだ。マンスフィールド高校の図書室にいる場合ではない。乱射事件の捜査をしている場合ではない。ランカスターの言葉を聞いて、重要なことに気づいたのだ。

〝午前中には戻ってくるから、コーヒーでも飲んで話をしましょう〟。

デッカーは午前中ここにいるわけにはいかない。別の場所にいなければならない。罪状認否が行われるのだ。

セバスチャン・レオポルドの存在はデッカーの頭にしっかりと刻まれていた。会話のすべてを思いだしてみる。あらゆる言葉、目つき、仕草。そこには何かが欠けている。だが、それがなんなのかはわかりそうでわからない。〝真実の迷い子〟。デッカーはそのように呼んでいた。その親であることを名乗りでる者はいない。すべてが嘘である場合もあるからだ。

だが、まだレオポルドを切り捨てるわけにはいかない。そこには希望がある。レオポルドの存在自体が希望を象徴している。それ以前は、まったく容疑者らしき者がいなかった。いまは追うべき相手が形となって存在し、その皮が少しずつ剝《は》がれはじめている。すべて剝がれたら、真実の姿が明らかになるだろう。

図書室を出て、校舎の外へ向かう。

雨はまだ降っていた。ますます強まっていた。遺体袋を乗せたヴァンは走り去り、それとともに群衆も姿を消していた。携帯電話のキャンドルも灯されていない。だが、学校の正面には山のように積まれた花束やメッセージやテディ・ベアがあった。

すべてが雨でずぶ濡れになっている。だが、そこにこめられた思いは強く、消えることはない。

メッセージを読んでみる。

〈クレイマー先生、安らかに〉

〈デビー、会いたいわ〉

〈エディ、きみを決して忘れない〉

被害者の名前は報道されていないが、すでに街じゅうの人々に知れ渡っていた。理由は単純だ。彼らが家に帰ってこなかったからだ。

迷彩服の男があらわれたばかりに。顔のない男は、学校の長い廊下を難なく飛びまわることができた。そして侵入してからあっという間に、追悼のメッセージが書かれるまでの事態を引き起こしたのだ。

デッカーはフットボールのフィールドへ行き、屋根のついた観客席で雨やどりをした。すでにかなり濡れてしまった。

セバスチャン・レオポルドの罪状認否があと数時間で行われる。そこへ行くつもりだった。手続きは退屈で事務的なものだ。だが、とても重要な情報がひとつ聞ける。だから足を運びたかった。

しばらく待っていると雨が小降りになったので、デッカーはレジデンス・インに歩いて戻った。以前のように身軽には動けないので、かなりの時間がかかったが、そのおかげで考えをめぐらせることができた。戻るとちょうど朝食の時間だった。ビュッフェの半分を平らげ、きっかり一時間眠ってから、シャワーを浴び、髪に櫛を入れ、弁護士風の服を着て法廷に向かった。きわめて重要な質問に対して、セバスチャン・レオポルドがなんと答えるかを聞くために。

17

通常なら、この手の事件を傍聴する人々で法廷はごった返しているはずだった。三人を殺害した容疑者が自首してきたのだ。二日まえまではこの事件はバーリントンで、あるいは州全体において最も大きなニュースだった。

マンスフィールド高校の乱射事件が起きたいま、この件に注目する者は誰もいない。いや、ひとりだけいる。

裁判所は慣れた場所だった。デッカーは過去に逮捕した被告人の公判で、証人として何度となく出廷したことがある。セキュリティ・チェックを通り、顔見知りの保安官と会釈を交わし、受付の近くに掲示された係属中の事件の一覧を見る。それから該当の法廷へと向かう。あと二十分で、セバスチャン・レオポルドは自首してから初めて法廷に姿を見せるはずだ。

デッカーは重いオーク材の扉をあけ、広い傍聴席のまんなかに腰を下ろした。ほかには誰もいない。廷吏《ていり》も報道陣も弁護士もいない。報道陣はみなマンスフィールド高校に行っているのだろう。自分もそこに残っていたかったという思いも、わずかながらあった。だが、やはりこちらに来ることのほうが重要だった。

間もなく検事が法廷に入ってきた。四十代の女で、デッカーの近くを通りすぎて席についた。シーラ・リンチとは面識があったが、向こうはこちらを見ようともしない。ブリーフケースをあけ、ファイルを取りだして書類を読みはじめる。デッカーの視線の先にはリンチのうなじがある。髪はアップにして小さくまとめられている。スカートとジャケットは黒で、うっすらと汚れている。右の靴の後ろ側に傷がついていて、そこと接している部分のストッキングが伝線している。

五分か十分経ってから、デッカーの入ってきた扉があいた。ランカスターが小さく手を振る。背後にはミラーもいた。今日は制服を着ている。

ふたりはデッカーをはさんで席についた。

「あとで話しましょうなんて言って、うっかりしていたわ。あなたはここに来るに決まっているのに」ランカスターは言った。

「どうしてマンスフィールドの現場にいないんだい」

ミラーが答えた。「現場にはずっといた。今朝の六時半までは。それからここに来た。終わったらランカスターは現場に戻る。わしはオフィスに戻って、面倒な事務仕事を片づける」

「それはここに来た理由にはなっていない」

「そうかもしれん」

デッカーはミラーを見据えたまま言った。「銃は持っていない。入口で金属探知機を通った。奴を撃つことはできない」

「そんなことは心配していない」ミラーは紺色の制服のしわを伸ばしながら言った。「重大な事件だから来たんだ」

「レオポルドの身元は割れたのかい。海軍に本当にいたんだろうか」

「FBIの自動指紋識別システムで指紋を照合してもらったが、一致はなかった」

「海軍にいたと本人は言っていた。タトゥーもあった。だが、国内の海軍じゃないという可能性もある」

「外国人ということか」ミラーは考えこむような口調で言った。「その可能性もあるな」

「セバスチャン・レオポルドというのは本名だと思う？」ランカスターが言った。

「ちがうと思っていた。だが、いまはそうとは言いきれない」

「FBIに依頼して、国外にも問い合わせをしてもらったほうがいい。そういったことは彼らのほうが得意だ」ミラーが言った。

十時きっかりに、判事の控室につながるドアがあいた。両端の跳ねあがった口髭をたくわえた肥満体の廷吏が姿を見せる。起立するように言われ、みな腰を上げた。背後でドアがあく音がしたので振りむくと、若い女が飛びこんできて後方にすわった。

片手にノートを持ち、反対側の手に小さなレコーダーを持っている。

　記者だ。たったのひとりか。きっと新人なのだろう。そうでなければマンスフィールドに行っているはずだ。脳内のデータベースを探ると、ひとつの名前が出てきた。

　アレックス・ジェイミソン。

　レオポルドが逮捕されたときに電話をかけてきた。ニューズ・リーダー紙の記者だ。話はせずに電話を切った。記者がこちらに気づくまえに、デッカーは前を向いた。

　黒い法服を着たクリスチャン・アバナシー判事が入ってきた。眼鏡をかけた痩せぎすの老人で、まばらになった白い髪は肌色の模造紙に綿を貼りつけたように見える。アバナシーはいずれ法廷の椅子にすわったままあの世行きとなり、大理石の床に転げ落ちるだろうと刑事たちは予想していた。だが警察にとっては手ごわい相手で、有罪を勝ちとるのはなかなかむずかしい。ただし、それこそが司法のあるべき姿なのだろうとデッカーは思っていた。

　アバナシーが席につき、みな腰を下ろした。右側のドアがあく。被告人が出てくるドアだ。

　オレンジ色の囚人服を着たセバスチャン・レオポルドがあらわれた。両手と両足は拘束され、体格のいい保安官ふたりが左右についている。すり足で少しずつ前に進む。天井の高い法廷をきょろきょろと見まわし、自分がここにいる理由も、これから何をするのかもよくわかっていないように見えた。

被告人席まで連れていかれたが、そこには弁護士の姿はない。

デッカーはミラーに顔を近づけて言った。「公設弁護人は？」

ミラーは首を振り、小声で言った。「来ていないな」不満げな表情で言う。

保安官が鎖を外し、後ろへ下がる。廷吏が立ちあがって書類を手に取り、事件番号と罪状を読みあげた。それが終わると、鳩時計の鳩のように機械的な動きで後ろへ下がった。

アバナシーは眼鏡の位置を直し、検事のほうを見おろした。

「ミズ・リンチ？」

リンチは立ちあがり、シャツの袖を整えてから言った。「ミスター・レオポルドには三人の被害者に対する殺人容疑がかけられています。住所不定で、どこの共同体にも所属していません。容疑の重大性を鑑みて、保釈は適用せず、公判開始までの勾留を求めます」

ここまでは想定の範囲内だった。簡単に自由の身にはならない。

アバナシーは首を伸ばし、レオポルドのほうを見おろした。それからリンチのほうを向いた。

「ミスター・レオポルドの代理人はどうしたんですか、ミズ・リンチ」

リンチは咳払いをして言った。「弁護士に依頼する資金がないということで、公設弁護人が選定されました。ですが、ミスター・レオポルドはそれを拒否したのです。幾度となく」

アバナシーは首をまわし、また被告人席を見た。「ミスター・レオポルド、読みあげられた罪状については理解していますか」

レオポルドはあたりを見まわしている。判事が誰に話しかけているのかわからないみたいだった。

「ミスター・レオポルド、代理人はいらないのですか」アバナシーの口調が鋭くなる。

レオポルドは判事を見あげ、首を振った。「お金がないんだ」

「そういうひとのために、公設弁護人がいるんですよ」アバナシーはいらだちをあらわにして言う。「お金はかかりません。憲法をそのように解釈した最高裁に感謝しなさい。代理人が来るまでは、罪状認否は——」

「おれがやった」レオポルドが判事の言葉をさえぎった。

アバナシーは道端で見つけた珍しい虫を見るように、被告人席を見おろした。「なんとおっしゃいました？」

「おれがやったんです。だから弁護士はいらない」

「つまり、三人を殺害した第一級殺人の罪を認めるということですか」

「おれが殺したんだから、そうだ。認める」

アバナシーは眼鏡を外して拭きだした。そうすれば今後の見通しがよくなると思っているかのようだった。長い鉤鼻の上に眼鏡を戻し、口をひらいた。「ミスター・レオポルド、これはクイズの回答ではないんですよ。あなたの容疑はあらゆる罪状のなかでももっとも重いものです。あなたの自由だけでなく、生命さえも危機にさらされているんです。おわかりですか」

「死刑になるかもしれないってことかい」

アバナシーは心臓発作を起こしそうに見えた。「もちろんそういう意味ですよ、ミスター・レオポルド！」

「おれがやったんだから有罪を認める。そうしたら裁判なんてやらなくていいだろ」

アバナシーは叱責するような口調で言った。「ミズ・リンチ、こんな事態はあってはなりません」

「判事、われわれも手を尽くしたんです。ですが、ミスター・レオポルドはまったく――」

リンチの背後にいるミラーにアバナシーの目が留まった。そしてゆっくりと手招きをした。

「やれやれ」ミラーはつぶやいた。

ミラーはデッカーとランカスターの前を通り、リンチとともに判事のもとへ歩み寄った。

三人の議論をデッカーは見ていた。議論と言うよりも、アバナシーがほとんどしゃべっていた。判事はかなり興奮した様子で、話をしながらレオポルドのほうを二回指さした。

ミラーはうなずいて何かを言い、リンチも同じことをした。そしてふたりともむっつりとした顔で自分の席に戻った。

デッカーが問いかけるような視線を投げると、ミラーは首を振った。「あとで話す」

アバナシーはレオポルドに向かって言った。「自室に戻ることを命じます。あなたの代理をするための公設弁護人が選定されます。そして明日の朝、またここで罪状認否手続きを行います」それからリンチに視線を投げる。「ミズ・リンチ、精神鑑定を迅速に終わらせてください。いいですね」

リンチは視線をそらしたままうなずいた。

「被告人を連れだしてください」アバナシーは言った。

木槌が振りおろされた。ふたりの保安官が出てきて、困惑しているレオポルドに鎖をつけ、法廷から連れだした。

アバナシーは廷吏に向かって言った。「次の事件の当事者を呼びなさい。明日は被告人に代理人がついているものと信じます」最初にリンチに、次にミラーに鋭い視線が向けられる。

デッカー、ランカスター、ミラーの三人は、次の被告人が入ってくるのを尻目に法廷をあとにした。

記者の姿はもうなかった。

廊下に出ると、しかめ面をしたリンチがミラーに歩み寄ってきた。

「マック、あんな無様な姿を法廷でさらすのはごめんだわ」

「弁護士を強制的に受けいれさせることはできない。シーラ、きみもよくわかっているだろう」

「好むと好まざるとにかかわらず、受けいれてもらうわ。有罪を認めるだけだとしても」そう言ってからランカスターとデッカーを見る。「久しぶりね、エイモス。ここに来ているのは当然よね」

「ああ」

リンチはミラーのほうを向いた。「精神鑑定をするように指示されたから、その結果が出たら被告人の答弁は無効になるかもしれない」

「責任能力がないと考えているのね」ランカスターが言った。

「彼を見たでしょう。まともだとは思えない」

「事件当時はまともだったかもしれない」デッカーは言った。

「そうだとしても、いま公判で責任を認める能力がなければ意味がないわ」

リンチはそう言って、ブリーフケースを太腿に何度もぶつけながら足早に去っていった。

デッカーはミラーのほうを向いた。「それで?」

「それで、われわれはアバナシーに蹴散らされた。公設弁護人がいないとは何事だと。そう言われるのも無理はない。死刑相当の事件で弁護士がいないなんて、お話にならない。それじゃ一審の判決は二審で覆されるに決まっている。アバナシーは上に判決を覆されるのが嫌いだ。だからご立腹というわけだ。われわれが判事を陥れようとしているとでも思っているのかもしれん」

「なぜ公設弁護人が決まらなかったんだい」

「リンチが言ったように、レオポルドが拒否したんだ。まったく手がかかる奴だ。自分がやったんだから弁護士はいらない、の一点張りだ。ただでさえ、マンスフィールド高校のことでわれわれは手一杯なのに。そうでなければなんとかできただろう。そんなわけで、へまをしてしまった」

デッカーは両手をポケットに入れてうつむいた。「弁護士を立てて、また法廷に引っぱりだして有罪答弁をさせる。それからどうなるんだ」

「もしかすると、弁護士が説得して無罪の答弁をさせるかもしれない。そうなったら司法取引を検討してみたいと思う。だが、精神鑑定の結果も待たねばならない。責任能力がないということになれば、事態はややこしくなる」

「有罪ではないとしたらどうなるんだろう」デッカーは言った。

「きみはどう思っているんだ」ミラーが言う。

「一度会ったが、なんとも言えないところだ」

「いずれにせよ、今日はもう何も進むことはない。時間はまだある」ミラーはランカスターを見た。「きみはマンスフィールドに戻れ。ＦＢＩが事件を乗っ取ろうとしているようだぞ」

「そうだとしたら、止めることはできるんでしょうか」ランカスターが訊いた。

「黙って奴らの言いなりになるのはごめんだ」ミラーは断固とした口調で言った。それからデッカーを見た。「また力を貸してくれるな。レオポルドは逃げやしない。マンスフィールド高校を襲った殺人犯は、時間が経てば経つほど捕まえにくくなる」

デッカーは目をそらした。返事はすぐに出てくるはずだったが、なぜか出なかった。

ミラーの視線がデッカーに注がれる。「まあ、あとで連絡をくれ」

背を向けてミラーが去っていくと、廊下にはランカスターとデッカーが残された。

裁判所は活動をはじめ、廊下には多くの人々が行き来していた。息子が事件を起こし、涙に暮れる母親。檻のなかの鶏のように群れをなす弁護士たち。警察官があちこちに出入りし、事件の当事者や関係者らしき者たちがうろうろと歩きまわっている。

「なぜすぐに返事しなかったの？　昨日は犯人を絶対に逃がさないと言っていたのに」ランカスターは問いつめるように言った。

デッカーは答えなかった。裁判所の出入口に立っているひとりの記者を見ていたのだ。明らかに自分のことを待っている。

「エイモス？」

デッカーはかつてのパートナーのほうを向いて言った。「あとでまた高校に行く」

「まだ捜査に協力するってこと？」

「あとでな」デッカーは裏口へ向かった。

しばらく歩いたところで記者が追いついてきた。

「ミスター・デッカー？　ミスター・デッカー？」

ひたすら歩いて無視するつもりだったが、この記者は建物の外に出ても道に出てもつきまとい、どこまでもついてきそうだった。だから出口のところで足を止め、振りむき、相手を見おろした。脳が観察を始め、さまざまな情報を取りこんで整理していく。

二十代後半、器量はよく、すらりとして背が高い。栗色の髪を耳の下あたりで切りそろえている。ピアスの穴はひとつもあいていない。左の手首にちらりとタトゥーの文字が見える。

〈アイアン・バタフライ〉。そういえば再結成したので若者でも知っているはずだ。

瞳は暗いブルーで、顔立ちにはあまりそぐわない色だ。前歯の一本が欠けていて、爪は噛みきって短くなっている。右手の人差し指は骨折したらしく、まんなかから曲がったまま治ってしまったようだ。唇はとても薄く、ひび割れている。煙草や酒や香水の匂いはしない。

服は新しくはなく、きれいすぎることもないが、スタイルのいい体型によく合っていた。右手の中指のちょうどペンが当たるところに黒い染みがある。コンピューターしか使わないタイプではないらしい。インクを使っている。

その顔はまだあどけなく、若さゆえの熱意に満ちていた。この年代は人生のいちばんいい時期だ。そして必要な時期でもある。この時期を越えると、年を重ねるごとにさまざまな試練が訪れる。

若いときから皮肉な目を持っていたら、どれだけ世の中が醜く見えることだろう。

「ミスター・デッカー？　ニューズ・リーダー紙のアレックス・ジェイミソンです」

「〈ガダ・ダ・ヴィダ〉は好きかい。あのアルバムはアイアン・バタフライの大ヒット作だ。累計三千万枚売れて、売り上げはまだ伸びているそうじゃないか。ランキングにも常に四十位以内に入っているらしい」

三年まえ、ダウンタウンの食堂でピーナッツバターとジャムのサンドイッチを食べ、コーヒーを飲みながら、ローリング・ストーン誌の記事を読んだ。あのときはランカスターと一緒に検挙した強盗団の公判に証人として出廷していた。四十二ページの右下の記事だった。その記事も掲載されていた写真も、高画質のテレビを観ているようにはっきりと思い浮かべることができる。最初はこの完璧な記憶力にひどく驚き、戸惑ったものだ。いまでは当然のことのように感じられる。

ジェイミソンは驚いた顔で手首のタトゥーを見おろした。それからデッカーを見て微笑んだ。「母が初期のファンだったんです。そのあと再結成されてからはまっちゃって。ジミー・ペイジとか、レッド・ツェッペリンのメンバーと一緒に演奏したことがあったわ。でも、いろいろと残念な出来事も多かった」

デッカーは聞き流していた。そんな話をするためにジェイミソンは来たわけではないだろうし、デッカーにも行くべき場所があった。黙っていると、本題に入るべきだと気づいたようだ。

「お電話したんです。裁判所でひとを追いかけまわすのは好きじゃないので」弁解するように言う。

デッカーは黙っていた。裁判所では巣箱を飛びまわる蜂のように人々が行き来し、雑多な事件が進められ、ふたりの存在はまったく無視されている。

「セバスチャン・レオポルドには代理人がいませんでしたね」

「そうだ。だが、そのうち来る」

「この件についての感想を聞かせてください」ジェイミソンはレコーダーを突きつけてきた。「録音してもいいですか」

「話すことは何もない」

「お気持ちはお察しします。いきなり容疑者があらわれて自白したんですもの。さぞかし動揺されているでしょうね」

「動揺などしていない」デッカーは背を向けて行こうとした。

「でも、何かを感じてはいらっしゃるでしょう。レオポルドと対面してみていかがでしたか。当時の記憶がよみがえってしまったんじゃないですか」

デッカーは振りむいて言った。「何もよみがえりなどしない」

ジェイミソンは驚きをあらわにした。「ですが、普通は――」

「記憶はいつも頭のなかにある。よみがえる必要はない。それじゃ、用があるので」

裁判所を出ていくと、ジェイミソンはもう追ってこなかった。

18

裁判所から一ブロックほど歩き、バスに乗って八百メートルほど先の目的地に向かった。大きな足で歩道に降り立つと、視界がどんどん青くなり、世界じゅうが青に覆われてしまったかのようだった。太陽はまるで巨大なブルーベリーのようで、いまにも膨張して爆発しそうだった。

吐き気がこみあげたが、歩きつづける。息はあがり、歩みは遅い。それは太った身体のせいばかりではなかった。その理由は歩いていく先にある。

角を曲がると家が見え、足を止める。だが、ほんの一瞬のことだった。歩きつづけないと、背を向けて逃げだしてしまいそうだった。

かつての自宅はまだ銀行が所有している。どんなに安くても、ここに住みたがる者はいないだろう。事件のことはすっかり知れ渡っている。それにバーリントンは空き家だらけだった。誰にとってもここは去りたい場所であって、移り住みたい場所ではない。玄関のドアには鍵がかけられている。キッチンから駐車スペースに出られる勝手口のドアは簡単にこじあけられる。犯人はここから入ったのだろうか。レオポルドはそうだと言っていた。本当に犯人であればの話だが。

裏にまわり、金網のゲートをあけて裏庭に出る。当初は青い色は死体にしか浮かんでこなかった。だが、いまでは家全体と、さらに一キロほどの範囲が青に覆われている。かつての自宅を何度か訪れるうち、三度めにこの現象が起き、それ以来ずっと続いていた。青い眼鏡を通して見ているように、木も青く、黄色いはずの家の外壁も青い。それがどんな感覚であるかを説明するのはむずかしかった。青い空ですら、雲まで青く見えるので異質に見えてしまう。

裏庭の木と、そこに吊るされたブランコに目をやる。モリーのためにデッカーが作ってやったものだ。モリーが小さいころはデッカーがブランコを押してやった。モリーを膝に乗せたキャシーを押すこともあった。若く、あまり金のない夫婦にとっては安上がりな遊びだった。いまはもうロープが腐り、すわるための板は反りかえってひび割れている。裏庭は多少草刈りがされているようだが、それでも雑草だらけだった。

家の裏側を見る。裏口のドアは洗濯機などを置く小さな部屋につながっている。ここが犯人の侵入経路だった可能性もある。

ドアは簡単にこじあけることができた。家の鍵はどれもほとんど役に立っておらず、そのことに強い罪悪感を覚える。警察官だったのに自宅の安全すら守れなかった。

なかに入り、ドアを閉めて室内を見まわす。短い階段を上がるとキッチンがある。

そこで妻の兄はビールを飲んでいて、何者かに喉を切り裂かれた。

青い階段をのぼり、青いキッチンに入る。埃が積もっていて、床にもカウンターの上にも虫の死骸が転がっている。テーブルが置かれていた場所に目をやる。そこでジョニー・サックスが襲われたのだ。

血はずっとまえに拭きとられてなくなっているが、どんなふうに広がっていたかをはっきりと覚えている。それは赤ではなく、皮膚の下に透けて見える静脈のような青に見え、なおかつもっと強烈だった。

隣の部屋を通りすぎ、階段をのぼる。あの夜、三段ずつ駆けあがった階段だ。廊下の壁にぶつかりながら、まだ犯人がひそんでいるかもしれないという危険もかえりみず、夢中で走った。

寝室に行くと、ベッドのマットレスはなくなっていた。証拠として持っていかれたのだ。バーリントン警察署の証拠保管所に置かれている。永遠に置かれたままとなるかもしれない。

いまでも、ベッドの上に突きでていたキャシーの足をはっきりと思い浮かべることができる。部屋の奥まで行き、床を見おろすと、鮮やかな青に彩られたキャシーの姿をそこに見ることができた。青くないのは額の銃創だけだった。この脳をもってしても、それだけは色が変わらない。黒く焦げたひとつの穴。

そろそろ耐えられなくなりそうなので、そこを去ることにする。

モリーの部屋とつながっているバスルームのドアをあけ、娘がガウンの紐でしばりつけられてすわっていた便器を見る。

レオポルドはしばりつけた理由を説明しなかった。ただそうしたかったからだ、理由などないと言っていた。身元のわからない男。有罪を認め、死にたがっている男。

あのとき自分がすわっていた場所を見おろす。拳銃を口にくわえたあと、こめかみに突きつけた。目の前には死んだ娘がいた。娘のもとに行きたかった。だが、引き金は引かなかった。警官たちがやって来て、デッカーを見て銃を下ろすように言った。なぜ撃ってくれなかったのだろう。そうしてくれたほうがよかったのに。

いったん廊下に出て、次のドアへと歩いていく。

モリーの部屋だ。事件のあとに片づけてからは、数回しか入ったことはない。

ドアノブに手をかけたとき、なかから物音が聞こえた。周囲を見まわす。拳銃は裁判所に持っていけないので置いてきていた。しばらく耳をすまし、やがて緊張を解く。それは人間の足音ではなかった。

小さな生き物が走りまわる音だ。

ドアをあけると、ネズミが壁の穴に走りこんでいくのが見えた。

置かれていた家具も、ぬいぐるみの場所も、一冊一冊の本の位置も思いだせる。モリーは無類の読書好きだった。

部屋に足を踏みいれようとした瞬間、デッカーは身をこわばらせた。完璧な記憶に刻まれていないものが目に入ったのだ。それもそのはずだ。最後にこの部屋に入ったとき、それはここにはなかった。

壁に赤い文字が書かれている。

〈われわれはとても似ている、エイモス。まるで兄弟のようだ。おまえに兄弟はいただろうか。もちろんいない。調べてある。おまえには姉がいるが、兄弟はいない。わたしがそのような存在になれるだろうか。われわれは互いにないものを持っている。互いを必要としている〉

デッカーはそれを三回読んだ。言葉の意味を考え、書いた者が誰なのかを考えた。その言葉を見れば見るほど胸騒ぎが高まっていく。犯人はここに戻ってきたのだ。戻ってきて、自分へのメッセージを書いたのだ。セブンイレブンで侮辱されたとかいう、ささいなことを言っているわけではない。デッカーの内面に向けられた言葉だ。

そこに書かれているように、デッカーには兄も弟もいない。だが、姉はふたりいる。いずれも、遠くへ引っ越してから長い年月が経っている。ひとりは軍人の夫とともにカリフォルニアに住んでいて、四人の子どもがいる。もうひとりはアラスカに住んでいて、子どもはいないが、石油会社の重役である夫とともに豊かな暮らしを送っている。ふたりはあの事件のあと、葬儀に参列し、帰っていった。それ以来話をしていない。自分のせいだ。ふたりは連絡を取ろうとしてくれた。何度も。それをデッカーが拒否したのだ。何度も。

だが、確認しなければいけない。メッセージを書いたのが誰であれ、姉がいることについて知っているのだから。

ポケットから携帯電話を取りだし、ふたりの姉にメールを送った。そしてひたすら待った。やがてメールを受信する音が鳴った。カリフォルニアの姉は無事で、連絡をくれてうれしいとのことだった。

それから二分のあいだ、デッカーは身じろぎもせずに待った。アラスカはまだ朝の早い時間だ。もしかしたら起きていないのかもしれない。

やがてメールを受信した。アラスカのフェアバンクスに住む姉からだ。無事だった。時間があったら電話をくれとのことだった。

別の相手に電話をかけ、出るのを待った。

「ランカスターです」

「メアリー、見てほしいものがある。いますぐに」

19

ランカスターがやって来た。次にミラーも来た。それから制服警官たちも来た。そのあと鑑識班が器具一式を持ってやって来た。まるであの夜に戻ったかのようだ。いまは死んだ娘を見つめながら、銃を頭に突きつけてはいないが。

メッセージは赤の油性ペンで書かれていた。インクは速乾性なので、どれくらいまえに書かれたものかはわからない。そのため、レオポルドが書いた可能性も否定できなかった。勾留されているのは昨日の明け方からだ。

デッカーがここへ戻って娘の部屋に入り、このメッセージを読むだろうということを、犯人がどう予測したのかとミラーが問いかけてきた。

「何度か来たことはある」デッカーは言った。

「そのたびになかに入ったのね」ランカスターが言った。

「毎回ではない。どうしても入れないときもあった」

「最後に来たのはいつだったの」

「四週間と三日まえだ。時間帯はちょうどいまごろだ」

「それじゃ、それだけの期間を調べる必要があるわね」

「犯人はエイモスを尾行して、ここに来ることを知っていたのかもしれん。だからこのメッセージを書いたとは考えられないか」ミラーが言った。

「目撃者がいないか、近隣に聞きこみをしましょう」

「三人が殺害されたときも目撃者は出てこなかった。今回もあまり期待できないと思う」デッカーは言った。

「だが、それでもやらねばならん」

「兄弟ですって？　精神科医にこれを見てもらって、犯人が何を考えているのか聞いてみたいわ」

「レオポルドが書いたものだと思うのかね」ミラーが言った。まるで地獄への扉に書かれた碑文を見つめているような表情だ。

何も言うべきことがなかったので、デッカーは答えなかった。頭のなかでは書かれた言葉が炎のように赤く見え、それは地獄を思わせた。一見いかれた者が書いたように見えるが、この言葉には意味があるのかもしれない。そうでなければ、マインド・ゲームを仕掛けてきているのだろう。デッカーはふたりに背を向け、ランカスターが呼びとめるのも無視してその場を離れた。

ミラーがランカスターの腕をつかむのも見ず、行かせてやれと言う言葉も聞こえなかった。抗議するランカスターの声も、強い口調で放っておけと命じるミラーの言葉も聞こえなかった。

急ぎ足でどこかへ向かうデッカーを、ふたりは窓から見おろしていた。やがて角を曲がり、その姿は見えなくなった。

デセール十四番地のセブンイレブンに着くまで、ひたすら歩きつづけた。車を使わずに来たのは初めてのことだ。

店の前には車は停まっていなかった。ドアをあけるとベルが鳴り、デッカーはなかに入ってドアを閉めた。

レジの奥には女の店員がひとりいる。背は低いが、立っている場所の床が高いので大きく見える。まっすぐな黒い髪を肩に垂らしている。ラテン系のようだ。ベージュ色の長袖のブラウスを着ていて、ブラジャーの紐が片方だけ見えている。歳は五十がらみで、落ちくぼんだ両目は干上がりかけた沼を思わせる。左の頬には大きなほくろがある。店員は何かの書類を見ていて、やがて頭上の棚にある煙草のパッケージをかぞえはじめた。

店内にはもうひとり男の店員がいた。モップを手に持ち、バケツに入った洗剤入りの水をかきまわしている。デッカーは男を観察し、警察官の目で男の特徴をとらえた。白人、三十代なかば、身長は百八十センチ前後、痩せ型で肩幅も狭い。半袖のシャツから見える腕には血管が浮きでている。髪は茶色でカールしていて、リンゴの皮をむいたようにくるくると垂れている。

女の店員が戸口に立ったままのデッカーに気づき、声をかけてきた。「いらっしゃいませ」訛《なま》りはない。

レジに近づいていき、携帯電話を取りだす。画面を何度かタッチしてから、店員に見せた。

「この男を見たことはないかい」

店員がレオポルドの写真を見つめる。「これ、誰です？」

「ここでかつて働いていたか、この近くをうろついていたはずの男だ」

店員は首を振った。「見たことはありません。なぜそれを知りたいんです」

デッカーは私立探偵のバッジを取りだしてちらりと見せた。「この男を捜している。ある事件について、手がかりをたどっていたらここ着いた。あそこにいる男性は何か知っているだろうか」

デッカーが視線を向けると、モップを手にした男は不思議そうに見返してきた。

「ビリー、ちょっとこの写真を見てくれる」

ビリーはキャンディ・バーの棚にバケツとモップを寄せ、色あせたジーンズで手を拭いてから、ゆっくりと近づいてきた。床掃除をさぼれるのがうれしいみたいだった。

写真を見てから首を振る。「知らない顔だな。妙な雰囲気の男だ。変わってる」

デッカーは携帯電話を下ろした。「ここでどれくらい働いているんだい」

「六カ月くらいです。ビリーはまだ来たばかり」店員は言った。

デッカーはうなずく。勤務期間が短すぎる。「以前ここで働いていたのはどんなひとだい」

店員は肩をすくめた。「あまりよく知りません。女性がひとりと、男性がふたりでした。みんな長続きしないんです。あまりお給料がよくないのに、勤務時間が長すぎるから。もっといい仕事があればそっちを選んだわ。でも、ぜんぜん仕事が見つからないんだもの」うんざりしたように言う。

デッカーはビリーを見て言った。「きみはどうだい」

ビリーは笑った。「ここのことは知らないよ。金をもらうだけさ。それで週末にビールを飲んで、女と遊ぶんだ。そのために働いてる」

ビリーは床掃除に戻った。

「お力になれなくて残念です」店員は言った。

「よくあることだ。ありがとう」

背を向け、店を出る。

携帯電話が振動した。画面を見る。

ランカスターだ。

無視して電話をしまう。

また振動する。

ランカスターだ。

ため息をつき、通話ボタンを押す。

「なんだ」

「エイモス？」

デッカーは身をこわばらせた。ランカスターの声は叫び声に近い。そんな声を出すことはめったにない。

「メアリー、どうしたんだい。まさか、また乱射事件じゃないだろうな」ずっとそれを心配していた。マンスフィールド高校の事件の犯人が捕まっていなければ、もしかすると――。

「ちがうわ」息があがっている。「だけど、わかったことがあるの。それは……」

「いまどこにいるんだ」

「マンスフィールドよ」

「乱射事件に関することかい。何か新しいことが――」

「エイモス！」悲鳴に近い声。「話を最後まで聞いて」

デッカーは口を閉じ、待った。電話からランカスターの心臓の音が聞こえてきそうな気がした。

「マンスフィールドで使われた拳銃なんだけど」

「拳銃の何が――」

デッカーの言葉がさえぎられる。「一致したのよ」

携帯電話を持つ手に力が入る。「一致？　いったい何と？」

「あなたの奥さんを撃った拳銃と」

20

四十五口径。

セミ・ジャケット・ホローポイント弾。

弾道分析班はＳＪＨと省略する。

殺傷能力は高い。インドでイギリス人が造ったダムダム弾ほどではないにせよ。それは人体に命中するとマッシュルームのように膨らみ、解体工事の鉄球なみのダメージを与える。

技術の進歩はかならずしも人間に優しいものではない。

四十五口径のＳＪＨ弾はキャシー・デッカーの頭蓋骨を貫通し、脳の奥にとどまっていた。司法解剖の際に取りだされ、捜査上の重要な証拠として保管されている。状態はよく、線条痕もはっきりと見えるので、いつかそれを発射した拳銃が見つかることが期待された。

拳銃は見つかっていないが、べつの発見があったのだ。

キャシー・デッカーの命を奪った拳銃が、マンスフィールド高校の被害者の半数の命を奪ったことが判明した。残りの半数はショットガンで撃たれていた。検死官が体育教師のクレイマーから取りだした弾丸をデータベースで検索にかけた。すぐに一致するものが見つかった。

この重大な結果を受け、ＦＢＩもあらためて弾丸を調べ、同じ結論を導きだした。同じ拳銃。弾道分析の結果はゆるがない。弾丸が発射された際の線条痕が一致するということは、指紋が一致したのと同じだ。しかも、それだけではない。デッカーの寝室からは薬莢《やっきょう》も一個発見されていた。それは学校で発見された複数の薬莢と比較された。薬莢に残る撃針痕もまた、指紋のような役割を果たす。それも一致したのだ。デッカーの家族の殺害とマンスフィールド高校の乱射事件につながりがあることは、もはや疑いの余地はなかった。

デッカーはコートを着て、暗くなった高校の正面に立っていた。強い雨が髪や広い肩に打ちつけている。マンスフィールド高校とかつての自宅のあいだには、まるで海を隔てるほどの距離があったはずなのに、事件はその両方を覆うほどに広がりを見せている。これまで、ふたつの事件につながりがあるとは一度も考えたことはない。明らかになった事実に圧倒されるばかりだった。

べつの犯人による犯行である可能性も皆無ではない。デッカーの家族を殺害してから銃が捨てられたとか、盗まれたとか、売られたという可能性もある。同じ銃が異なる事件で異なる犯罪者に使われるというケースはよくある。それでもデッカーは同じ犯人による犯行だと確信していた。そうであれば、レオポルドへの疑いは晴れる。乱射事件のあった時間には拘束されていたのだ。例の自白は虚偽のものだということだ。だが、真犯人からデッカーの家族の殺害について聞いたとも考えられる。それが事実なら、レオポルドは家族や大勢の人間を殺した犯人につながる唯一の手がかりだと言える。

壁に書かれたメッセージのことがあるとはいえ、デッカーの家族の事件は捜査しつくされ、もはや進展がなかった。それとは対照的に、マンスフィールド高校の事件は目下捜査中だ。だから、そちらの事件とセバスチャン・レオポルドに集中したほうがいいだろう。デッカーの家族を殺害した真犯人をレオポルドが知っているなら、マンスフィールド高校の事件の首謀者もわかるはずだ。

警備員に関係者用のバッジを見せ、正面口から校舎に入った。昨日は混乱をきわめた一日だった。自分が捜査の場にいるべきかどうかもわからなかった。捜査員たちや現場とも距離を感じていた。だが、家族の殺害と関連があるとわかったいま、デッカーは自分がそこにいるべきだと確信していた。いつまでも携《たずさ》わるつもりだった。何者も自分を追いだすことはできない。

図書室の捜査本部には向かわず、カフェテリアへ行って冷凍庫を見た。そして天井のタイルに目をやった。

服の繊維、銃からついたものと思われる油の染み。もしかすると、それらを信じてはいけないのかもしれない。

外へつながる出口を見る。そこから逃げたと決めつけるのもまた、早計かもしれない。

カフェテリアを出て、図書室とのあいだの廊下を歩いていき、一階のフロアを二分している中央の廊下を歩きながら、校舎の後方までの歩数をかぞえた。べつの廊下との角を通るたび、まず左を、次に右をよく観察した。両側に教室がある。いちばん奥の廊下でデビー・ワトソンが殺されていた。左へ行ったところで、エッグ・マフィンとコーヒーの朝食をとっていたクレイマーが殺された。裏口の防犯カメラを見る。その角度にはやはり興味を惹かれる。とても計画的だ。計画的な行動は、そうさせるだけの動機があることを物語っている。

デビーが倒れていた場所から右に行ったところにある教室を見る。窓にステンシル文字で一四一号教室と書かれている。

ドアをあけようとすると鍵がかかっていた。ポケットからピッキング用の工具を取りだし、鍵をあける。なかに入って明かりをつけると、そこは職業訓練講座のための教室だったので、デッカーは驚いた。自分が高校生だったころにはそうした講座があり、出席したこともあった。だが、いまはもう時代遅れなものだと思っていた。そこは作業場となっていて、テーブルには電動のこぎり、かんな、ドリル、バケツに入った小型の工具や万力などがあり、壁際の棚には金属のチューブ、ボルトやナット、木片、さらなる工具、延長コード、作業用のライトなどがあり、大工仕事に必要なものはなんでもそろっているようだった。教室の奥にはドアが三つあった。あけてみると、ふたつは物置だった。過去に講座でつくったものが置かれているようだ。未完成の家具、さまざまな形に曲げられた金属、小型の檻、屋根の一部、木挽き台、ベニヤ板、積みあげられた木材、床に積もった粉塵。重要そうなものはない。

三つ目のドアには鍵がかかっていたので、また工具を使ってあけた。のぞいてみると、やはりそこも物置で、奥のほうに古いボイラーが見え、もう使われていないようだった。窓に取りつける空調設備の一部が壁際に積みあげられ、三メートルは高さがある。

ここにも重要なものはない。ドアを閉め、戸口まで行って明かりを消し、教室を出てドアを閉める。廊下を歩いていくと一四四号教室があった。デビー・ワトソンはここから出てきたのだ。

壁際の扉があいているロッカーを見る。そこがデビーのロッカーだ。撃たれたときにはロッカーのところにいたという。保健室に行くまえに、何かを取ろうとしたのだろう。そう考えれば、ここに寄ったのも納得がいく。でも、ちがうかもしれない。ティーンエイジャーの行動は予測不可能だ。ひどく具合が悪いというのに、ロッカーからガムを取りだそうとしたのかもしれない。あるいは扉の内側にある鏡で顔のニキビをチェックしたのかもしれない。ロッカーのなかにはニキビ用のクリームと、ミント・タブレットの容器があけたまま置いてあった。

血痕から、デビーは自分のロッカーのまん前で撃たれたものと思われていた。振りかえって犯人と向きあうかたちになった。ショットガンの弾丸をまともに顔面に受けていたからだ。

デビーが殺されたのは八時四十二分。

デッカーはデビーが最初の被害者だと確信していた。そうなると、犯人は七時二十八分にメリッサ・ダルトンが冷凍庫のあく音を聞いてから、この廊下でデビーが顔を失うまでの一時間十四分のあいだ、何をしていたのだろうか。

デッカーは目を閉じ、思案をめぐらせた。

ここに来るまで六十四歩、二分もかからなかった。防犯カメラに犯人が映ったのは八時四十一分。カフェテリアを出たのはいつなのだろうか。確かめるすべはない。そしてもっとも大きな疑問は、校舎の前方から後方までどうやって誰にも見られずに移動したのかということだ。それがわかれば、すべてが解決する。わからなければ、事件は迷宮入りだ。

　犯人の身長は百八十八センチ、肩幅が広く、体重も九十キロ以上ある。防犯カメラの映像を見たが、身体的な特徴はそのとおりに見えた。だが、学校関係者でそういった体格の大人は殺された体育教師と教頭だけで、体格のいい生徒たちは教室にいたため、確実なアリバイがある。

　まるで犯人がどこからともなくあらわれ、人々を殺してまわり、消えてしまったかのようだ。そんなことはありえないので、おそらくどこかで間違った見方をしているのだろう。

　一四四号教室に入り、教師の席につく。教室を見わたす。机が三列に並び、全部で二十一の席がある。そのひとつにデビーがすわっていた。死の直前の行動ははっきりとわかっている。お腹の調子が悪くなり、保健室に行くことが認められた。そしてロッカーに寄ったところで死ぬことになってしまった。

　デビーは三列め、右から四番めの席にすわっていた。具合の悪そうな顔で手をあげ、教師の許可を得てから教室を出ると、二度と戻ってくることはなかった。

　立ちあがり、教室を出て、足を止め、振りかえる。デビーのあけられたままのロッカーがそこにあった。扉の内側の鏡に自分の顔が映っている。だが、なぜか自分のものとは思えなかった。太った髭づらの、雨にすっかり濡れた男。なんともみじめだ。

鏡から目をそむけ、ロッカーのなかのものに目をやる。教科書とノートが何冊も積まれている。

人生には偶然が起きることもある。ささいなことが運命の分かれ道になったりする。間違った時に間違った場所にいたということかもしれない。七十億人もの人間がひとつの惑星の上を行き来していれば、そういうことも起こりうるだろう。

だが、警察の捜査には不文律がある。偶然は存在しないということだ。偶然の一致と思われる事態があれば、さらに捜査を徹底し、偶然ではないことを証明しなければならない。

ランカスターに電話をかけてみる。図書室にいた。

「デビー・ワトソンの両親と話はしたのかい」

「ええ」

「学校に行くとき、具合が悪いとは言っていたのかい」

「いいえ。それはわたしも訊いたの。母親は元気だったと言っていたわ。急にお腹をこわしただけとも考えられるけど」

「教師はなんと言っていたんだ。教室を出ていいと言ったのはいつごろなんだ」

ノートをめくる音が聞こえる。

「教師によれば、元気そうだったけど急に手をあげて、気分が悪いので保健室へ行きたいと言いだしたそうよ」

「許可するのに用紙とかは――」

「決まった用紙があって、教師がそこにデビーの名前を書いて彼女に渡したの」

「それじゃ、教室を出るまで三十秒程度だと考えられるかい」

「そうね」

「教室を出た正確な時間は？」

「事件の数分まえだと教師は言っている。銃声がするまで五分程度はあったかもしれない」

「ずいぶん長いな。教室からロッカーはすぐだ。それと、校舎の前方から後方へ歩いてみたが、二分もかからない」

「しばらく立ちどまっていたのかもしれない。吐きそうになって、こらえようとしていたとか。ねえ、どうしてそんなに――」

「あとで説明する。気にしすぎかもしれない」

通話を終え、デッカーは携帯電話をしまった。いま考えていることは突拍子のないことかもしれず、これを聞いたら眉をひそめる者もいるかもしれない。軽々しく口にはできない。口にするのは、真実を突きとめるのに必要になったときだけだ。真実こそが自分にとって何よりも価値のあるものだ。だが、この説に沿って進むまえに、もう少し確かな裏づけがほしかった。

デビーの運命は八時四十二分で大きく変わった。それ以降デビーの存在は消され、人生はそこで途切れてしまった。いったい何があったのか。手をあげ、許可を得て教室を出た。だが、まっすぐ保健室には向かわなかった。ロッカーへ行って扉をあけた。そこで時間が費やされる。教師によれば数分、もしかすると五分程度かもしれない。そのあいだ、デビーは何をしていたのか。ランカスターが言ったように、立ちどまって吐き気がおさまるのを待っていたのかもしれない。あるいは、べつの理由かもしれない。

ふたたびロッカーの中身を見つめる。

死体のかたわらにあった血まみれのノートや文房具は、飛び散った肉片とともに警察に回収された。だが、ロッカーのなかの物はそのままだ。手もつけられていない。ほとんど汚れていないのは、ショットガンで撃たれたとき、デビーの身体が盾になっていたからだ。

ロッカーの中身をすべて手に取り、一四四号教室へ行って腰をおろした。いちばん上の教科書をひらき、一ページずつ見ていく。すべてをそうやって調べ、余白に書きこみやスケッチがないかどうか確かめる。

三冊のノートを調べ、四冊めの十九ページで手が止まった。

そのページにデビーは絵を描いていた。かなり上手いスケッチだ。絵の腕前はなかなかのものだった。

デッカーの目は描かれている絵に釘づけになっていた。

それは迷彩服を着た男だった。

その横には大きなハートが描かれている。

21

出かけるまえにデッカーはシャワーを浴び、着替え、髪に念入りに櫛《くし》を入れ、捜査のプロらしく表情を引き締めた。目の前にすわっている相手にはそれだけ敬意を払っていた。

デビー・ワトソンの両親がこちらを見つめている。父親は小柄で貧相な四十代なかばの男で、薄い唇の上にまばらな口髭を生やしている。右腕は病気か何かなのか、異様に細く、垂れさがっている。

そして、まるで貨物列車に押しつぶされそうになっているかのように、小さく縮こまっている。

母親はチェーンスモーカーだった。目の前に置かれた灰皿は吸い殻でいっぱいになっている。血液中の酸素がニコチンに奪われて顔色が悪く、若いころでも美しくなかったであろう顔には、年齢にそぐわないほど深いしわが刻まれている。血管の浮きでた腕は黒ずみ、しみができている。夏のあいだ、庭にあった二本の木に吊るされたハンモックに寝ている時間が長すぎたようだ。母親は貨物列車に押しつぶされそうな様子ではなかった。何者かに魂を吸いとられてしまったみたいだ。大きな傷だらけのコーヒーテーブル越しでも、酒の臭いを嗅ぐことができた。

ランカスターは窓辺の猫のようにソファにすわっている。デビーのノートの絵を見せてからというもの、その表情は硬く、陰鬱になっていた。時々、母親のベスの煙草をうらやましそうに見ている。まるで煙草を一緒に喫わないかと言われるのを待っているかのようだ。

絵はＦＢＩやほかの捜査員には見せていない。いまはふたりのあいだだけにとどめておこうと決めていた。デッカーがそう言いだし、ランカスターもそれに同意した。報道で事実を知らされるよりは、先に両親に伝えるべきだと考えたのだ。もし絵が事件となんの関係もなければ、無駄に両親を苦しませなくてすむ。二十四時間ニュースが更新される世の中では、この事実が広まればワトソン一家はメディアから切り刻まれる。あとから訂正したくても、一度津波のように世間を覆ってしまった情報はなかなか消えない。

デッカーは質問を始めるまえに長々と前置きを述べた。そして両親が心の準備をするまで充分に待ってから絵を見せた。その絵を見ると、ふたりとも雷に打たれたように身体を引きつらせ、こわばった表情を浮かべた。

デッカーの目にはふたりがくすんだ白に覆われているように見えた。死は青、絶望は白。家族を殺されて以来、鏡を見ると自分が白人のなかでも特に真っ白な肌を持っているように見える。

「デビーがこういった絵を描いた理由に心当たりはありませんか」デッカーは静かな声で言った。そして迷彩服の男の絵と、その横のハートの絵を指さす。「付きあっていた相手がいたんでしょうか」ハートの絵はそれを示唆している。二十一世紀になっても、男の絵の横に描くハートの意味は昔と変わらないだろう。

父親のジョージは口髭を揺らしながら首を振った。極端に細い片腕は、一種の奇形なのだろうか。その腕のせいで、これまでどれだけ人々から嘲《あざけ》られてきたことだろう。その現実がこの父親の性格を形づくったのかもしれない。それほどに世の中は冷たいものだ。

ベスは首を振らなかった。わずかにうなずいたように見え、デッカーとランカスターは注目した。

「この男は誰なんでしょう」ランカスターが訊いた。

「わかりません」ベスははっとしたように言う。「あの子が連れてくるのはわたしたちも知っている顔の子ばかりでした」

「お嬢さんとかかわっていたなら、どんな相手であっても知りたいんです」

「みんな同年代でした。犯人は大柄だし、大人のように思えます。新聞には身長百八十八センチ、体重は九十キロ以上と書いてあったわ。デビーは父親よりも大きい男の子は連れてきたことがないの」

ジョージは咳払いをし、沈んだ口調で言った。「身長は百七十センチもありません。高校生のときにようやく背が伸びましたが、それっきりでした」そう言って口をつぐむ。悲惨な事件を前にして、どうでもいいことを話したのではないかと戸惑っているようだ。

「みんな同じ高校の男子生徒でした。そのうちひとりは亡くなったんです。かわいそうなデビーと同じように」

「それはどなたですか」ランカスターがペンをノートの上に構えて言った。

「ジミー・シーケルという生徒です。いい子でした。フットボール部員で、とても人気がありました。小学校が一緒だったので、小さいころから知っていたんです。デビーはジミーから学校のダンスパーティに誘われて一緒に行ったんですが、ふたりはあくまでも友達でした」そこで頭が垂れる。「子どもを失うのがどんな気持ちか、あなたたちにはわからないでしょうね」そう言ってベスはテーブルからペーパータオルを取り、目もとを拭った。ジョージはおろおろしたように妻の肩をさすっている。

その言葉を聞いてランカスターはデッカーの顔を見たが、デッカーは視線を返さなかった。そのままベスを見つめる。子どもを失うのがどんな気持ちかは知っている。だが、この場でそれはまったく関係ない。たとえ互いに家族を失うという共通点があったとしても、そんなことがなんの慰めになるだろうか。どの親もそれぞれの地獄のなかで苦しんでいる。

「ですが、それ以外に誰かと付きあいがあったんじゃないですか。ご両親とも面識がなく、デビーが家に連れてきたことのない相手と。どうでしょう」

ベスはペーパータオルを丸めて床に投げすてた。ジョージがそれを拾ってテーブルに置くと、ベスは夫をにらみつけた。ふたりの夫婦仲は相当険悪なのだろう。それまで溜まっていた不満が、紙くずによってさらに増えたのかもしれない。あるいはそれ以上の何かがあり、デビーの死によってふたりのあいだの亀裂が修復不可能となってしまったのかもしれない。それでも、こうした悲劇が夫婦の絆を強くすることもある。これまでにもそういう例を見てきた。

「インターネットに書きこみをしていたようなんです。そういう相手がいるってことは一度もデビーは話さなかった。だけど、なんとなく勘づいていたわ。母親ですもの」

「書きこみをご覧になったのですか」

「パスワードを知っていた時期があったんです。気づかれて、変えられてしまったわ。相手を名前で呼ぶことはなかった。でも、あだ名をつけていたみたい」

「なんというあだ名ですか」ランカスターが訊いた。

「ジーザスです」

「なぜわかったんですか。書きこみにあったんですか。そこに書かれていたんですか」

「いいえ。あの子の部屋に黒板があって、そこに書かれていたんです。ジーザスという人物についての詩が書かれていたわ。デビーは信心深くはないはずなの。家族で教会に行ったりする習慣はないから、本物のキリストのことではないと思うわ。男性のことを書いたのよ。詩の内容がそういったものだった。恋愛の相手について書いたのは間違いないわ。あの子に詩のことを訊いてみたら、部屋へ行ってあわてて消していた」

デッカーとランカスターは顔を見あわせた。「ジーザスとはキリストのことではなく、ラテン系の名前から来たとも考えられます」デッカーは言った。ベスが戸惑ったような顔をしているので、デッカーはつけ加えた。「ジーザスはヘススとも読めるので」

「ああ、それは思いつかなかったわ。てっきり、キリストのようにその相手を崇めているのかと。デビーがヘススとかいうメキシコ人と付きあっていたということはないわ」ベスは断固とした口調で言った。それから鼻を拭い、煙草を喫う。「母親はなんでもわかっているものよ。娘のほうは隠しとおせると思っているみたいだけど。デビーも、親は何も知らないと思っていたでしょうね」それから夫のほうをちらりと見る。「なかには本当に何も知らない親もいるけどね。まったく何も」

夫のジョージは妻の肩から手を離し、両脚のあいだに手を下ろした。犬が尻尾を巻く姿を思わせる。夫婦の力関係は明白だ。

デッカーはランカスターを見て言った。「インターネットの書きこみだ」

「徹底して調べるわ」

「それで、デビーはこの人物については何も話さなかったんですか。何ひとつ？」

「何度も訊いたけど、口を閉ざしていました」そこで間があく。「そういえば、お母さんには彼のよさはわからない、と言ったことがあるわ。彼はとても……大人なんだとか」

「年上だということですか。高校生ではないと」デッカーは言った。

「そうだと思うわ。デビーは四年生だったから。クラスメートのことではないのは確かよ。下の学年の生徒なんてもってのほかよ。デビーは確かに目立つ子だし、もてていたわ。男の子との付きあいに忠告をしようにも、女の子は聞く耳も持たないのよ。わたしも若いころは母の言うことなんて聞かなかった。だめな男ばかりを好きになっていたわ」

ジョージはまるで罪を認めるかのような顔をして言った。「それでわたしと結婚したわけです」

「仕方なく結婚したのよ。デビーがお腹にいたんですもの。母に知らせたときは心臓発作を起こしそうだった。結婚生活でいいことといえば、デビーが生まれたことだけよ。それなのにあの子を失ってしまった。もうわたしには何もないわ」

ランカスターは視線をそらした。ジョージは唇を噛んでうつむき、テーブルについたコップの跡を見つめた。

デッカーは夫妻を見据えていた。こういった悲劇が起きると、それまでなんとか守っていた結婚生活の掟が崩壊してしまう。胸にしまっていたタブーがどんどん口をついて出てくる。ダムでせき止めていたものが一気に流れだしたかのようだ。デビーがダムの役割を果たしていたのだろう。その死と同時に決壊が起きてしまった。

「どうして迷彩服の絵なんでしょう」ランカスターが言った。ジョージに向かって訊く。「狩りはされますか。迷彩服をお持ちではありませんか」

ジョージは首を勢いよく振った。「動物を撃つなんてできません。銃も持っていません」

デッカーが言った。「その腕ですと、武器を扱うのはむずかしいでしょうか」

ジョージは細い腕を見おろして言った。「生まれつきなんです」諦めたように言う。

「それじゃ、迷彩服の絵はジーザスという男かもしれませんね」

「そうかもしれません」

「そうに決まっているわ」ベスが言った。「隣にハートが描いてあるじゃない」そう言って、ランカスターにうんざりしたような顔を向ける。「これだから男は。グリーティングカードの店にすら近づこうともしないし」

「キッチンのカウンターにラップトップPCが置いてあるのを見ました。デビーは使っていましたか」デッカーは訊いた。

「いいえ。自分のものを持っているの。部屋にあるわ」

「部屋を見せていただいてもいいでしょうか」

ベスはふたりをデビーの部屋の前まで案内した。そして立ち去るまえに、煙草をひと喫いして言った。「何が出てきても、わたしの娘が犯人を学校に入れたり、事件にかかわったりしたことは絶対にないわ。絶対よ。ふたりとも、それを覚えておいて」

「もちろんです」もしデビーが事件にかかわっていたとしたら、その代償は究極のかたちで支払ったことになる。法をもってしても、もう一度殺すことはできないのだから。

ベスは廊下に煙草を捨てた。色あせたカーペットの上で吸い殻が燃え、やがて火が消える。ベスは歩き去っていった。

デッカーはデビーの部屋のドアをあけた。小さな部屋の中央に立ち、室内を見まわした。

ランカスターが口をひらいた。「インターネットの件はIT班に調べさせるわ。携帯電話に入っている写真、ラップトップPC、クラウドのデータなども。それにインスタグラムやフェイスブック、ツイッター、タンブラーもね。ほかにも子どもたちが使っているものがあれば調べさせるわ。どんどん新しいものが出てきているから。でもIT班ならポイントを絞れるはず」

デッカーは答えなかった。部屋を観察し、記憶のなかの溝に事実を当てはめたり、合わなければ取りだしたり、天秤にかけたりしていた。

「いかにも若い女の子の部屋だわ。何か気づくことはある？」

「確かにそうだな。しばらく待ってくれ」

デッカーは積み重ねられた書類の下やクローゼット、ベッドの下、壁に掛けられたアートなどを調べてまわった。ピープル誌の表紙も飾られている。壁には黒板も取りつけてあった。そこには楽譜と詩のようなものと、自分に向けた言葉らしきものが書かれていた。

〝デビー、毎朝目覚めて何かを証明するのよ〟

「ものが多いわね」ランカスターはデビーの机の隅に腰かけて言った。「鑑識班を呼んで回収しないと」

ランカスターは返事を待ったが、デッカーは部屋から出ていってしまった。

「デッカー！」

「すぐ戻ってくる」肩ごしにデッカーは言った。

見送りながら、ランカスターはつぶやいた。「パートナーにもいろいろな人間がいるだろうけど、わたしの相棒はジャイアント・サイズのレインマンだわ」

ランカスターはバッグからガムを取りだして包みをあけ、口に放りこんだ。それから数分のあいだ、部屋を歩きまわり、クローゼットの扉の内側にある鏡を見た。まじまじと自分の顔を見てみたが、そこには全盛期がとっくに過ぎてしまった女の諦めたような顔があった。手が煙草に伸びかけたが、思いとどまった。デビーの部屋も犯罪捜査の現場なのだ。灰や煙で汚してはならない。

振りかえると、デッカーが戻ってきていた。

「どこへ行っていたの」

「両親にいくつか訊きたいことがあった。それと、家のほかの部分も見てまわりたい」

「なんのために？」

デッカーは黒板に歩み寄り、楽譜を指さした。

「これはデビーが書いたんじゃない」

ランカスターは音符を見て言った。「なぜわかるの」

「第一に、デビーは楽器を弾かないそうだ。学校の記録も調べた。楽団には入っていない。母親に訊いたところ、楽器を弾いたことは一度もなく、家に楽器もないそうだ。第二に、部屋には紙の譜面が一枚もない。楽器は弾かないが作曲だけするという場合でも、譜面や、何も書いていない五線紙があってもよさそうなものだ。第三に、これはデビーの筆跡ではない」

ランカスターは黒板に近づいて楽譜を見てから、壁に貼られているほかのデビーの文字を見た。

「どうしてわかるの？　楽譜は比べられないと思うんだけど。音符と文字はちがうわ」

「デビーは右利きだからだ。これを書いた者は左利きだ。文字でなくても、チョークの動かしかた、塗りつぶしかた、音符の傾きかたでわかる」デッカーはチョークを手に取り、黒板の隅に音符を書いてみせた。「わたしは右利きだから、ちがいはわかるだろう」

デッカーは黒板にこすれたような跡がある場所を指さした。「これは書いた人物の左の袖が楽譜をこすった跡だ。右利きならこれは反対側にあるはずだ。わたしがやったように」デッカーは自分の袖がこすれた跡を指さした。「レオポルドも右利きだ」

「なぜわかるの」

「留置場で会ったときに、紙にサインをさせた」

「なるほど。でも、これは誰か音楽をやる友達が書いたのかもしれないわ」

言い終えるまえに、デッカーは首を振っていた。「ちがう」

「どうして？　友達が曲を書いたか、デビーの詩に曲をつけてあげたのかも」

「なぜなら、この楽譜は音楽になっていないからだ。どんな楽器でもこれを弾くことはできない。曲でもなんでもない、めちゃくちゃだ」

「どうしてわかるの。楽器をやっていたの？」

デッカーはうなずいた。「高校でギターとドラムをやっていた。楽譜《スコア》を読めるのはフットボールだけじゃない」

ランカスターは音符に目を戻した。「それじゃ、いったいこれはなんなのかしら」

「暗号だと思う。それが正しければ、ジーザスはこの家に来たということだ」

22

デッカーとランカスターはデビーの部屋を封鎖し、鑑識班を呼んだ。デビーの部屋から家の隅々に至るまで、細部にわたって調べられることになった。バーリントンでこれほど大きな事件が起きたことは過去になく、警察官は新人から上層部に至るまで、この件を最優先していた。

デビーの両親は楽譜のことは何も知らないという。その言葉に嘘はなさそうだった。鑑識の作業が終わってから、デッカーとランカスターはふたたび両親と話をした。

「もし、この男が家に来て楽譜を書いたとしたら、ご両親に気づかれずにそれをやることは可能でしょうか」デッカーは訊いた。

「わたしたちだって夜は寝ています」ベスは弁解するように言った。「でも、この家は大きくはありません。わたしたちの寝室はデビーの部屋のすぐ隣です。夫もわたしも眠りは浅いほうです。だから、娘が男を招きいれたのに気づかないなんて考えらないわ」

「日中はどうでしょう」

「わたしは専業主婦です。ジョージの仕事は九時五時です。デビーよりもわたしのほうが家にいる時間は長いわ」

「黒板に楽譜が書いてあるのを見たのはいつごろですか」

「二週間まえにはなかった。それは確かよ」

「なぜそう言いきれるんです」

「そのとき、わたしがぜんぶ消したんです」そこで間をおく。「口論になって、それでカッとして黒板を拭いてしまったの」ベスは泣きはじめた。「そうしたら、こんなことになって。あの子には二度と会うこともできない」

「何についての口論ですか」ベスが泣いているのにも構わず、デッカーは訊いた。答えがいますぐ必要だ。悲しむのはあとでもできる。

ベスは少し落ちつきを取りもどした。「デビーは四年生でした。大学進学適性試験《SAT》を受け、結果はそこそこだったのに、どこの大学も受けないと言うの。学費がかかるからだと言っていたわ。確かにお金がないのは事実よ。でも、大学に行けば援助が受けられると何度も話したの。学位がなかったら何になれるというの？　わたしみたいになるっていうわけ？」そこで間をおくと、ジョージが視線をそらした。「だから、カッとなって黒板に書いてあるくだらないことを消したのよ。世界を変えよう、目的を持とうとかいうメッセージを。馬鹿馬鹿しいわ！　なんの努力もしなければ未来はない。だからぜんぶ消したの。それでわかってくれることを願っていた。でも、だめだった。わかってくれることはなかった。一生わかってもらえない。デビー、ああ、デビー」

ベスは泣き崩れ、ソファの上で激しく身体を震わせた。デッカーが手を貸し、ジョージがベスを寝室に連れていってベッドに寝かせた。廊下を歩いてランカスターのところへ戻るとき、ベスが娘の名前を呼ぶ声が何度も聞こえてきた。

数分後、ジョージが戻ってきた。「今日のところはもうこれでいいでしょうか」

デッカーは言った。「奥さまと最近旅行に行ったりしませんでしたか」

ジョージは驚きをあらわにした。「なぜ知っているんですか」

「男がこの家に来てあれを書いた。あなたがたが家にいたなら気づくはずだということでした。そんな危険は冒さないでしょう。不在にしていた期間があるんですね」

「一週間まえ、ベスの姉を訪ねてインディアナ州に行きました。病気なんです。二日後に戻ってきました」

「デビーは自宅に残ったのですね」

「ええ。学校を休ませるわけにいきませんから」

「おそらく、そのときに来たんでしょう」デッカーは言った。

ジョージは震えだし、両腕を身体に巻きつけた。「あのけだものがこの家に来たというんですか。娘の寝室に？」

デッカーはジョージを見据えながら言った。「その可能性は高いと思っています」

ランカスターはデッカーに鋭い視線を投げてから、早口で言った。「ご協力ありがとうございました、ミスター・ワトソン。これで失礼します。お嬢さまのことはお悔み申しあげます」

ジョージが玄関までふたりを送った。「デビーはマンスフィールド高校の人々を殺す手助けなどするはずがありません。みんな友達だったんです」

「充分承知しています。その言葉が証明されることを祈っています」

ジョージは素早く目をしばたたいた。自分の言葉には何も疑いの余地がないというように。そして玄関のドアを閉めた。

デッカーとランカスターは通りを歩いた。

「まったく、あなたの礼儀正しさには頭が下がるわよ」ランカスターは皮肉をこめて言った。

「あの夫と手をつないで友達になるつもりはない。わたしは犯人を捕まえるためにここにいる」

「わかったわ。ところで、鑑識班からメールが来たの。デビーの携帯電話やラップトップPCからは何も見つからなかった。写真、メール、ボイスメールのいずれにも、何もなし。それと、考えられうる限りのサイトの掲示板をチェックしたけど、何も見つからなかった。デビーが男について書きこんでいたと母親は言っていたけど、自分で削除したようなの。もしかしたらIT班が取りだせるかもしれない」

「そいつは写真すら撮らせなかった。インターネットに軌跡を残すこともしなかった。簡単なことだ。ネットにはアクセスしなかったんだろう」

「どうしてわかるの」

「この犯人は世間の中心から外れている。人々とつながりはなく、一匹狼だ。まるで浮かんであちらこちらへ漂っているようだ」

「何をもとにそう思うの？　何か見たの？」

「いや。ただ感じただけだ。だが、ひとつ気になることがある」

「ひとつだなんて、うらやましいわ」ランカスターはにやりとした。「わたしは六ページもあるわよ」

それが聞こえなかったかのように、デッカーは話した。「なぜデビーなんだろう。なぜあの子を味方につけたのか」

「味方につけたって、彼女が何かしたってこと？　デビーは単に恋人だったたってだけじゃないの」

「男が必要とするものを渡したんだと思う」

「必要とするもの？　学校で？　銃ってことじゃないわよね。拳銃とショットガンをデビーが持ちこむはずがないわ」

「銃ということじゃない」

「でも、どうしてデビーに何かを渡させる必要があるのかしら」

「それが謎なんだ。なぜデビーで、なぜあの日学校で会う約束をしたのか」

「ちょっと、デッカー。ついていけないわ。約束って何よ」

「デビーは仮病を使ったんだ。そして教室を抜けだし、男と会って、おそらく何かを渡した。そして撃たれた。だが、時間のギャップがあることの説明がつかない」

ランカスターがまた何か尋ねてきたが、デッカーは聞いていなかった。デッカーの視線は通りに向けられていた。あたりは暗く、冷たい夜気に包まれ、ふたりの吐く息は白くなっていた。暗闇のなかには何もないはずだ。だが、デッカーの目にはたくさんの数字の3が並んで見える。もっとも好ましくない数字だ。

それが最初に見えたのは、新人の制服警官だったときだ。近隣のパトロールだったので、ひとりで車に乗っていた。コーヒーを飲んでいると、暗闇に何かの動きが見えた。とっさに、どこかのごろつきが近づいてきているのだと思った。バーリントンではギャング団による犯罪が横行し、そのメンバーの多くは若者で、仕事も希望も失い、鬱憤をため、簡単に銃を手にできる環境にあった。

コーヒーカップを窓から投げ捨て、拳銃と無線に手をかける。ごろつきに警告をするため、車から降りようとした瞬間、それが見えた。目の前にいくつもの巨大な数字が立ちふさがっていた。そびえるほど大きな3だった。

それはあたかも、とつぜんSF小説に迷いこんだかのようだった。

最初は気が狂ったのかと思った。だが、脳のなかで記憶がうごめきだした。負傷したあとに行ったシカゴの研究所で、医師たちは今後デッカーには奇妙な出来事が起きるだろうと言っていたのだ。

「エイモス、きみにとって新しい一日は新しい出来事の始まりだ。脳は止まることを知らない。きみに伝えたいのは、あの事故がきみにもたらすのは今起きている脳の変化だけにとどまらないということだ。一日後、一カ月後、一年後、十年後には、朝起きるとべつのことが起きるかもしれない。残念ながら、何が起きるかを予測することはできない。そして起きたときには、恐怖を感じるかもしれない。でも、それはきみの頭がつくり出したものなのだと覚えておいてくれ。頭のなかだけだ。現実のものではない」

それを思いだして数字と向きあうと、最初に感じた恐怖は消えていったが、新たな恐怖が襲ってきた。

明日はどんな新しいものがやって来るのか。

その日の勤務が終わると、帰宅してベッドに倒れこみ、キャシーを起こさないように静かに泣いた。朝になって、何が起きたかを妻に話した。キャシーはいつものようにデッカーを支え、励ましてくれた。デッカーはいつものように明るく振る舞い、それが面白い出来事だったかのように笑い飛ばした。だが、面白くはなかった。まったく面白くなかった。それからしばらくのあいだ、3は出てくることはなかった。キャシーとモリーが死んでからは、それが暗闇から出てくることは一度もなかった。だが、また出てくるようになってしまった。

なんとありがたいことか。

3はこれまでと様子がちがっていた。どの3からも三本のナイフが突きでている。少しも面白いとは思えない。

「暗号が解読できたら教えてくれ」ナイフとともに3が近づいてくるのを感じながら、デッカーは言った。

左へ曲がって通りを歩いていく。

「車に乗っていかないの？」ランカスターが言う。

デッカーは両手をポケットに突っこみ、歩きつづけた。

車に乗る必要はない。考える時間が必要だ。

足もとを見つめ、暗闇から軍隊のようにあらわれてくる数字には目を向けないようにした。

デビー・ワトソンは、犯人が必要とするどんなものを持っていたのだろうか。銃か。ちがう。迷彩服か。そうかもしれない。だが、なぜ犯人は自分で持ってこなかったのか。デビーに持たせる必要はないはずだ。

ノートに描かれたハートと絵。デビーは恋をしていた。あの男に惚れこんでいた。言われたことはなんでもやっただろう。だが、はたしてクラスメートを犠牲にまでするだろうか。迷彩服の男の絵は銃を持っていなかった。デビーは犯行の計画を知らなかったのではないだろうか。それなら、なぜ教室から抜けだして男と会ったのか。

視線を上げると、いくつもの3が正面から飛んでくるのが見え、また下を向く。張りこみのあとや勤務明けにはいつも、暗闇が金色がかって見えるような色のついた眼鏡をかけるようにしていた。金色は空いっぱいに飛んだガチョウの群れのように見える。3に悩まされることはない。だが、その眼鏡はずっとまえに失くしてしまった。すると3が戻ってきて、武装までするようになった。新しい眼鏡が必要なようだ。

足を止めて木にもたれかかり、目を閉じて脳内のDVRを再生し、ワトソン家で見たものを振りかえる。だんだんと速度をゆるめ、ある場所でDVRを止める。ひとつの画像が暖炉の上に置かれた人形のようにこちらを見据えている。いや、それは比喩ではない。

それは暖炉の上にあったのだ。

デッカーは踵を返し、ワトソン家に向かった。ドアをノックするとジョージが出てきた。

「お忘れものでも？」その声は困惑していた。

「暖炉の上の写真です。さっき見たんですが、もう一度見せてくれませんか」

「暖炉の上の写真？」ジョージは戸惑いをあらわにしている。「それをご覧になりたいのですか」

デッカーが無理やり室内に足を踏みいれると、はるかに小柄なジョージは押しのけられてしまった。「あの写真の方はご家族ですか」

「はい。でも、それがどうしたというんです」

「長年捜査の仕事をしていますが、ささいな点を見逃すことで解決が遠のいてしまうことがあります。どんなに細かいことでも調べる必要があるんです。おわかりいただけますね。デビーやその他の人々を殺した犯人を捕まえるためです」

ここまで言われれば、同意する以外の選択肢はない。

ジョージは完全に納得した様子ではなかったが、ゆっくりとうなずいた。「わかりました。こちらです」

ジョージはデッカーを小さな居間に案内した。そこには古い煉瓦製の暖炉があり、煉瓦のあいだからはモルタルがはみ出ている。

「どの写真が気になるんですか」

デッカーはいちばん左にある写真を指さした。「この方です」

「妻の父です。テッド・ノルズといいます。二年まえに心筋梗塞で亡くなりました」

「職業はなんでしたか」

「そんなことがなんの――」

「いいから職業を教えてください」

デッカーは小柄なジョージをにらみつけた。シマリスの前に立ちはだかる巨大なクマのようなものだった。

ジョージはあとずさりし、青ざめた顔で写真を見た。

「長距離のトラック運転手でした。食生活も乱れていたし、運動不足だったと思います。極度の肥満で、前庭に出て新聞を取ろうとしたときに倒れたんです。芝生に身体が触れるまえに事切れていたようです」そこでデッカーの巨体を見てから話を続けた。

「仕事はそれしかしていませんでした。ひたすらトラックを往復させて、中西部とテキサスを行き来するだけです」

「デビーとは親しかったですか」

ジョージは細い腕をさすった。「いいえ。休暇に会うことはありました。ですが、実を言うと妻の実家とはあまり折り合いがよくなかったんです。妻の母はわたしをよく思っていませんでした」

「その隣の写真は誰ですか。かなり古いものですが」

「それはわたしの祖父のサイモン・ワトソンです。六年ほどまえに亡くなりました。この写真は若いころのものです」

「デビーの曾お祖父さんですね」デッカーが言うと、ジョージはうなずいた。

「九十歳を過ぎるまで生きました。煙草も酒もやり、健康なんて糞食らえと言っていました」

「六年まえまでご存命なら、デビーも知っているはずですね」

「ええ。最後の五年間はここで同居していたんです」

「それじゃ、デビーと過ごす時間もありましたか」

「あったと思います。デビーがまだ幼い時期でした。祖父の人生は過酷でした。第二次世界大戦でも朝鮮戦争でも戦ったのです。退役してからは、民間人として国防総省の仕事をしていました」

「どんな仕事ですか」

「ここにできた基地で働いていたんです」

「マンスフィールド高校の隣の基地ですか。マクドナルド陸軍基地？」

「そうです」

「どんな仕事をしていたんですか」

「いくつかやっていました。エンジニアリングと建築の技術があったので、設備や工場の仕事を受け持っていたようです」

「いつごろ働いていたかわかりますか」

「あの、いったいどうしてそこまでこだわるんですか」

「手がかりを探しているんです。いつですか」

「はっきりとはわかりません」ジョージはそこで言葉を切り、しばらく考える。「退役したのは六〇年代です。それから一九六八年か六九年にマクドナルド基地で働きはじめました。たぶん六九年だと思います。宇宙飛行士が月を歩いていたのを見た記憶があります。そこで定年退職まで働いていました。約二十年間です」

「基地が閉鎖されたのは八年まえです」

「ええ、そうだったと思います」

「ミスター・ワトソン、あなたに訊いたんじゃありません。実際に八年まえに閉鎖しています。月曜日で、みぞれが降っていました」

ジョージは不思議そうにデッカーを見て、咳払いをした。「そうおっしゃるなら、そうなんでしょう。わたしは一週間まえのことも覚えていませんからね。ともかく、ペンタゴンの計画のせいでバーリントンはこうなってしまった。多くの司令部は東に移動したそうですね。ヴァージニア州などの、アンクル・サムとワシントンDCに近いところへ」

「曾祖父のサイモンは、基地での仕事についてあなたやデビーに話していましたか」

「ええ、話せる部分は。話せないこともありました。機密情報ってやつです」

「機密情報ですか」

ジョージは笑みを浮かべた。「べつに核兵器があるとか、そういうことじゃありません。でも軍には秘密がつきものでしょう」

「サイモンは何を話したんですか。基地のことで」

「歴史についてです。そこで会った人々や、携わった仕事についても。あそこは建物が増えるばかりでした。次から次へと。そこの職員たちは、みな子どもをマンスフィールド高校に通わせていました。サイモンの息子、つまりわたしの父もそこに通いました。わたしも通いましたし、妻も通いました」

「デビーは、サイモンとの会話について何か言っていたことはありますか」

「記憶にはないですね。大きくなるとあまり曾祖父と時間を過ごすことはありませんでした。年寄りと大きくなった子どもは、水と油のようなものです。一緒に過ごして楽しい相手ではなかったんだと思います」そう言ってうつむく。「わたし自身もそうでした」

「わかりました。ほかの写真も見せてください」

三十分後、デッカーはまた暗い通りを歩いていた。

迷彩服の男はデビー・ワトソンの家に行き、楽譜に見せかけた暗号を書いた。それは確かだ。暗号の意味も、男がデビーから必要としていたものもわからない。だが、マンスフィールドの全校生徒のなかで、デビーを選んだのには何か理由があるはずだ。大きな理由が。

携帯電話が振動する。ランカスターからだった。

「FBIが暗号を解読してくれたわ。文字に置き換えるだけのシンプルな暗号だったみたい。まず間違いなく解読できたと言っているわ」

「なぜ間違いないと言いきれるんだい」

「そこに書かれてあった言葉のせいよ」

「もったいぶらないでくれ、メアリー。なんと書いてあったんだ」

ランカスターは疲れきったように長いため息を吐きだして言った。

「読むわね。〝よくやった、エイモス。だが、まだおまえの行きたい場所にはたどり着けない、兄弟〟」

23

後天性の天才。

より正確に言えば、高機能な後天性の天才だ。

デッカーはレジデンス・インに戻り、ワンルームの部屋でベッドに横になっていた。眠ってはいない。眠れない。

オーランド・セレル。

セレルは後天性サヴァン症候群で、十歳のときに野球のボールが頭に当たるという事故を経験した。それ以来、日付に関する目覚ましい記憶力を持つようになり、ある特定の日の天気や、その日にどこにいて自分が何をしていたかを完全に思いだすことができるようになった。

ダニエル・タメット。

タメットは幼いころ、てんかんの発作を何度も繰りかえしていた。生命の危機を乗りこえ、その後は超人的な頭脳を持つようになり、円周率を二万二千桁以上暗記し、どんな言語でも一週間で習得してしまう。アスペルガー症候群であり、数字や風景に色が見えるという。デッカーと同じように。

デッカーは超人的な頭脳を後天的に身につけた人物について徹底的に調べた。セレルは頭部の負傷、タメットは幼少期の病気が原因となっていたようだ。

このような能力を持つ人々は非常にまれで、デッカーは自分がその仲間に加わるとは思ってもいなかった。ドウェイン・ルクロワにフィールドで倒されたあと、デッカーを詳しく検査した医師は、怪我によって脳にふたつの影響が出たと話した。第一に、排水溝の詰まりが取れるように脳の回路がひらかれ、情報が迅速に流れるようになった。第二に、脳のべつの部分の回路が影響を受け、数字や色が見えるようになった。

しかし、これらは推測に過ぎない。百年まえと比較しても、現代の医師が人間の脳について解明できているのはほんのわずかではないかとデッカーは考えている。

事故のあと病院で目覚め、心電図モニターを見ると、すべての数字が跳びはねていた。心拍数はデッカーの背番号と同じ95で、9は紫に、5は茶色に見えた。怪我をするまでは紫の意味など考えたこともなかった。数字は大きく膨らみだし、高くそびえるまでになった。それはとてもリアルで、まるで生きているようだった。

ベッドの上で身体を起こすと、汗がだらだらと流れた。頭がおかしくなったのだと思った。ナースコールのボタンを押すと、やって来た看護師が医師を呼んだ。デッカーは言葉を詰まらせながら、ついさっき見たものについて話した。そのあと専門医が呼ばれた。それから数カ月にわたってシカゴ郊外の研究所で分析を受けたあと、デッカーは後天的な超記憶症候群であり、共感覚の持ち主であることが正式に認められた。事故の怪我は選手生命を絶っただけでなく、世界でも非常にまれな脳をデッカーに与えたのだ。あれから長い年月が経ったが、いまでも医師、看護師、科学者、技術者、専門家など、何百人ものスタッフの名前や経歴を記憶している。

学術雑誌に記事を書かれたり、メディアに大々的に取りあげられたりすれば、大金を得ることも可能だっただろう。だが、そういったことはすべて拒否した。自分のことは天才ではなく、奇人にしか思えなかった。二十二年間、自分はごく普通の人間だった。だが、ほんの数分間気を抜いたがために、いつのまにかまったくの別人となってしまったのだ。そしてその別人として一生を終える。他人に自分の身体を乗っ取られ、何をしても追いだすことができないようなものだった。

人生を何者かに不法占拠されている。その何者かは、いつのまにか自分になりかわっている。

それまでとは正反対の人間になってしまった。かつては社交的で明るく、ときに羽目を外すこともあるフットボール選手だった自分が、内向的で暗く、閉じこもりがちな性格になった。そして多くの人々があたりまえのようにしていることと無縁になってしまった。世間話をしたり、お世辞を言ったり、感情をあらわにしたり、噂話に興じたりすることだ。同情や共感といったものは理解できない。他人の感情を推しはかることもできない。誰かの苦しみや悲しみを目にすることがあっても、新しくなった脳が撥ねかえしてしまい、まったく動じることがない。目覚ましい記憶力を持つかわりに、あの事故は自分の人間らしさをすべて奪っていった。まるでそれが代償であるかのように。そしてこの事実を受けいれる以外の選択肢はなかった。

スポーツを観戦したいとはまったく思わなくなった。事故以来、フットボールの試合は一度も観ていない。

キャシーと結婚したことで救われたかに思えた。キャシーはデッカーの脳のことを知っていた。苦悩を分かちあってくれた。妻に出会えなければ、きっと前を向くこともできなかっただろうし、警察官になろうと決心することも、その後刑事に昇進し、超人的な頭脳を使って正義を追い求めることもできなかっただろう。ひとを愛する能力は事故によって損なわれたかに思えたが、キャシーのことは深く愛することができた。妻のためならどんなことでもできた。他人と関わる能力は機械以下であっても、妻となればそれを笑いとばせた。

やがてモリーが生まれ、娘を腕に抱くたびに胸がいっぱいになった。怪物のような脳も、この小さな存在には魅了されていた。娘は巨大な父親に抱かれることが好きで、その様子はクマがわが子を抱くのにも似ていた。髪を撫で、頰に触れた記憶は、古いテレビの映像のようにぼんやりとしたものだったが、娘を抱くのを思いだすときだけはかつての自分を取りもどせるような気がした。

脳もこのふたりは例外としていたようで、家族と過ごすときは事故のまえの自分に少しだけ近づける気がした。

例外はそのふたりだけだった。

いまは誰もいない。

機械のような脳が残っただけだ。

そしてあざ笑われている。家族を殺し、マンスフィールド高校の惨事を引き起こした冷酷な犯人に。家の壁に書かれていたメッセージだけではまだわからなかったが、あの暗号が解読されたことで確信が持てた。

ふたつの事件は同一犯による犯行だということが。

自分のせいで家族が犠牲になった。そういう事態が起きるという懸念は以前からあった。懸念を持っていたことで、少なくとも家族を殺した容疑をただちにかけられるということはなかった。

懸念が現実のものとなり、もはや職務を遂行することもできなくなり、退職せざるを得なくなった。罪悪感は、自分と衝突したドウェイン・ルクロワが抱いたであろうものよりも、ずっと大きかった。

午前五時に目覚め、シャワーを浴びて着替えてから、バスルームで自分の身体とほぼ同じサイズの鏡の前に立った。

鏡のなかには光や色が浮かび、数字が飛びかっていた。目を閉じても消えることはない。それは鏡のなかではなく、頭のなかにあるのだ。こういった脳を持つ人間は、特にアスペルガー症候群である場合、限られた分野に秀でた能力を持つようになる。数学、日付、科学の特定の分野や語学などだ。事故で自分がアスペルガー症候群になったのかどうかはわからない。少なくともそのような診断はされなかった。

わかっているのは、自分が物事を忘れられないということだ。そして人々や物が本来持っていないはずの色を見てとれるということだ。ある特定の日付の曜日をすぐに言いあてることができ、それは百年まえの日付でも可能だった。脳はパズルのピースが集まったようなものとなり、時々ばらばらに混ぜあわされたかのように、何が起きるか自分でもわからないことがある。それがいまの自分だった。新しい脳は最初から自分に恐怖を与えるものでしかなかった。

キャシーがそばにいてくれれば乗りきることができた。自分以上に大切な存在だったキャシーもモリーもいなくなったいま、エイモス・デッカーという男はふたたび奇人に戻ってしまった。ジキルとハイドのジキルだけが去り、二度と帰ってこなくなったようなものだ。

いくつもの3はいつまでも消えることがなく、まだ薄暗い六時ちょうどに朝食のビュッフェに行ったときも、そこに存在していた。皿に料理をいっぱいに盛って自分専用にしている席についたが、まったく食べる気が起きず、ただ山のような料理を見つめてすわっていた。

宿のおかみのジューンが駆けつけてきた。

「エイモス、どうかしたの？」しわだらけの顔に心配そうな表情が浮かぶ。これまでデッカーの食が進まなかったことは一度もない。

何も答えずにいると、ジューンはコーヒーのポットを持ちあげた。「注いでもいいかしら？　熱いコーヒーで元気も出るわよ」

黙っているとそれを承諾と受けとり、ジューンは熱いコーヒーをカップに注いでテーブルに置き、去っていった。

デッカーはおかみがやって来たことにも気づいていなかった。意識はレジデンス・インの食堂から遠く離れたところにあった。

腕時計を見なくても時間はわかる。午前六時二十三分だ。頭のどこかでは常に時間を計っており、それはどんな時計にも負けないほど正確だった。

十時にセバスチャン・レオポルドの罪状認否が行われる。今回は代理人がいるはずだ。デッカーはそこに出席するつもりだった。

歩いて行くことにした。あたりが暗くても構わない。いくつもの3はまだ見えていたので、デッカーは視線を下に向けた。

自分と同じ症状を持つ人々は、大量の数字に囲まれることに安らぎを覚えるらしい。だが、デッカーにとって数字は不吉なものでしかなかった。数字が幸せを運んでくることはない。きっと夫や父親としての本当の幸せを知ってしまったからだろう。数字の存在など比較にならない。

裁判所の近くのベンチに腰を下ろし、陽がのぼるのを眺めた。夜明けは暗闇を押しのけ、赤から黄金色、そしてピンクへと空を染めた。デッカーの目にはそうした色と関連のある数字も並んで見えた。

午前九時四十五分、裁判所の脇に警察のヴァンが停まった。容疑者が移送されてきたのだ。何人か一緒に運ばれてきたのだろうか。それとも三人の殺害の容疑がかかっているレオポルドは単独で移送されたのだろうか。

デッカーは腰を上げ、ゆっくりと通りを渡って裁判所の入口へと向かった。それから数分後には傍聴席の二列めにすわっていた。代理人の席では公設弁護人が書類に目を通している。年齢は四十代前半といったところで、髪に白いものが交じりはじめている。仕立てのよい茶色のスーツを着て、色鮮やかなポケットチーフを挿している。落ちついた態度で、経験豊富そうに見える。このような事件に新人弁護士はまずあてがわれないだろう。

前回と同じ廷吏が判事の控え室の近くにいて、検事のシーラ・リンチと話をしていた。リンチは昨日と同じスーツを着ている。

扉のあく音がしたので、そちらを見る。

ランカスターでもミラーでもなかった。

新聞記者のアレックス・ジェイミソンだ。デッカーに目を留めると微笑んで会釈し、後方の席についた。

デッカーはそれに応えずに前を向いた。

廷吏が判事の控え室に入っていった。リンチは公設弁護人のところに行って二言三言交わしてから、自分の席についた。被告人の出てくるドアがあき、セバスチャン・レオポルドが姿をあらわした。様子は昨日と変わらない。

レオポルドは公設弁護人のところに連れていかれ、拘束を解かれた。付き添っていた保安官が後ろに下がる。

廷吏がドアをあけ、全員に起立を指示したあと、アバナシーが入廷して席についた。

アバナシーは法廷を見まわし、レオポルドの隣に公設弁護人を務める弁護士がいるのを見て、満足そうな笑みを浮かべた。

それからリンチのほうを見る。

「精神鑑定は終わりましたか」

終わったことをリンチが告げる。結果は、レオポルドが公判に出席できるだけの能力があるとのことだった。

デッカーは驚いた。

「ミスター・レオポルド、答弁をしてください」

弁護士に腕をつかまれてレオポルドが立ちあがる。

「わたしは無罪です」はっきりとした口調だった。

デッカーは聞いてはいたものの、まだ状況が把握できていなかった。

弁護士が言う。「アバナシー判事、わたしの依頼人にかけられた容疑はすべて否認します。依頼人が三人の被害者を殺害したという証拠は一切ありません」

リンチが弾かれたように立ちあがる。「自白を除いて、ということでしょう」

「自白は撤回するそうです。ミスター・レオポルドには双極性障害がありますが、薬を服用するのをやめてしまったため、うつ状態となって自白してしまったのです。いまは薬を再開し、理性も取りもどし、精神鑑定でも問題はありませんでした」弁護士はホチキス留めされた書類の束を掲げた。「これをご覧いただきたいのですが、よろしいでしょうか」

アバナシーが手招きした。弁護士が判事に近づいていき、リンチも急いで駆けつける。

レオポルドの弁護士はデッカーに聞こえるくらいの大きな声で話しだした。「これは写真や指紋を含めた正式な逮捕記録です。これによれば、ミスター・レオポルドは殺人事件が起きた夜、ここからふたつ離れた街であるクランストンで勾留されていたことになっています。バーリントン警察署の逮捕記録も入手し、両方を外部の機関で照合してもらった結果、写真も指紋も完全に一致しました。同一人物であることに疑いはなく、その点はミズ・リンチにもご同意いただけることと思います」

リンチは憤懣《ふんまん》やる方なげに言った。「判事、被告人の代理人はこの情報を事前に知らせてくれませんでした」

アバナシーは蔑むようにリンチを見た。「ミズ・リンチ、あなたのほうが被告人の逮捕記録は迅速に手に入るはずです。被告人側が見つけたものは、そちらでも見つけておくべきではありませんか」

リンチの顔が赤くなる。「容疑はなんだったんですか」

「いわゆる浮浪罪です」弁護士が答える。「翌朝に釈放されました。クランストンは百キロ以上離れた街で、ミスター・レオポルドに移動の手段はありません。さらに、警察の記録では午後六時に逮捕され、翌朝の午前九時に釈放されたことになっています。ですから、深夜に殺人を犯すことはできません」弁護士は書類をリンチに渡した。

それに目を通し、最後のページにたどり着くころには、リンチの気力と自信は目に見えてしぼんでいった。

「共犯者がやったという可能性もあります」リンチは力なく言った。

「でしたら、それを証明していただけばいいでしょう。ですが、いまのところは証明できていないようですね。わたしの依頼人は薬を服《の》まなかったために、やってもいない罪を自白してしまったのです。要するに、この案件はなかったことになります」

「公務執行妨害罪に問うこともできるんですよ」

「先ほども言いましたが、薬が切れていたんです。事件を計画できるほどの精神状態にあったはずがありません」

「われわれに与えられた時間では――」

アバナシーが割って入る。「いま撤回された自白以外に、事件と被告人を結びつけるような証拠があるのですか」

リンチは完全に動揺していた。「判事、被告人は警察に出頭してきて自白したのです。事件の証拠との照合はまだ行っていません」

「自白の調書に署名はされているのですか」

「はい」リンチはきっぱりと答えた。

「それには、真犯人しか知りえないような事実が含まれていましたか？」

ふたたびリンチは動揺した。「いえ……その、含まれていませんでした。今後さらに詳しく調べたいと――」

アバナシーがさえぎる。「自白を除外すると、証拠は何もないということですね？」

「はい」リンチはしぶしぶ認めた。

「そして、ミスター・レオポルドは犯行の時間帯に、百キロ離れた街で勾留されていたと」

「おっしゃるとおりです」弁護士はそう言い、なかば微笑んでいた。

「下がってください」アバナシーは上機嫌な声で言った。

ふたりはそれぞれの席に戻っていった。

アバナシーは両者を見おろしながら言った。「被告人セバスチャン・レオポルドの公訴を棄却する。ミスター・レオポルド、あなたは自由の身です。薬は今後もきちんと服みつづけるのですよ」

木槌が振りおろされた。

弁護士は振りかえって手を差しだしたが、レオポルドは法廷をきょろきょろと見まわし、自分がどこにいるのかもわかっていないようだった。デッカーの姿に気づくと、力ない笑みを浮かべ、わずかに手を振った。

デッカーは笑いもしなければ手も振らなかった。やがて保安官たちがレオポルドを連れていった。

アバナシーが法廷を去ると、リンチと弁護士が何か言い争っていた。しばらくそれを見たあと、デッカーは立ちあがって出口へと向かった。

アレックス・ジェイミソンがあとをついて来た。

「レオポルドはあなたに手を振ったんですか？」興味を惹かれたような口調だが、疑いも混じっているのがわかった。

「さあ、わからない」

「これまでに会ったことがあるんですか」

デッカーは黙って歩きつづけた。

後ろからジェイミソンが呼びかける。「世間はそちら側の言い分を聞きたがるはずです」

デッカーは振りむき、ジェイミソンに歩み寄った。「言い分とはどういうことだ」

「レオポルドと面識があるのではないですか。あなたを見ていたし、笑いかけて手を振っていました。その場にいたのはあなただけです」

「面識などない」

「でも、過去に話したことがあるのではないですか。留置場で」

すぐにぴんと来た。ブリマーだ。留置場で起きたことへの仕返しというわけだ。

デッカーがレオポルドと会ったことをジェイミソンに話したに違いない。

「なぜ、ご家族を殺害した容疑のある人物と面会したのですか」

デッカーは背を向けて歩き去った。もう足を止めることはなかった。

24

デッカーは急いでバスに乗り、目的地にたどり着いた。

待っているあいだ、人々や車が目の前を通りすぎていった。バーリントンの街は深手を負った生き物のようで、なおかつ悪しき者に貴重な宝を奪われたような様相を呈していた。そして乱射事件はその言葉どおりの結果をもたらしていた。

二十分後、裏口のドアがあくとデッカーは身をこわばらせた。セバスチャン・レオポルドは私服に着替え、殺人容疑がかけられていた際に着ていたオレンジ色の囚人服や拘束具は身に着けていなかった。

レオポルドは周囲を確かめるかのようにきょろきょろとしていた。それから右へ曲がり、北へ向かって歩きはじめた。

二十秒かぞえてから、デッカーはあとを追うため、通りの反対側を歩きはじめた。視線は前に据えたまま、視界の隅にレオポルドをとらえていた。

それから十五分後、レオポルドはデッカーのよく知る地域にたどり着いた。そこは治安がいいとは言えず、犯罪の温床となっていることで知られていた。

通りの右側にはバーがあった。レオポルドはでこぼこした煉瓦造りの階段を下りて店に入っていった。

デッカーは左右を見まわしてから急いで通りを渡り、同じ店に入った。このバーには数年まえに張りこみで二回ほど来たことがあるが、いずれも成果はなかったことを覚えている。今回は三度めの正直となるのかもしれない。

レオポルドはカウンターの中央の席にいた。店のなかは陰鬱な雰囲気で、照明もかなり絞られていた。店内がひどく汚れていて、それを隠すためにわざとそうしていることをデッカーは知っていた。だが、ここの常連客がそんなことを気にするとは思えなかった。たいていの客は泥酔しているか、ドラッグをやっているか、その両方だった。

店の奥には胸の高さまでの仕切りがついた席があり、そこに腰を下ろした。そこからなら、まわりを見ながらも、こちらの姿はある程度隠すことができる。デッカーは目立つし、レオポルドには一度しか会っていないとはいえ、覚えられていると考えたほうがよさそうだった。法廷でもこちらに気づいていたのは明らかだった。

だが、レオポルドによれば過去にも会っていたはずなのだ。セブンイレブンで侮辱されたと言っているのだから。何事も忘れることはないのに、その事実だけ思いだせないのは不可解だ。

レオポルドが何かを注文し、バーテンダーが酒の入ったグラスを置いた。長いあいだそれを見つめてから口に運ぶ。ひと口飲んだあと、先ほど置かれていた場所にきっちりとグラスを戻した。それからさらにグラスをずらし、カウンターについていた跡にぴったりと合わせた。

その行為をデッカーは見逃さなかった。

強迫性障害かもしれない。

前回会ったときは、レオポルドは両手を絶え間なく動かしていた。あのときの精神状態はどうだったのか。弁護士によれば双極性障害があり、薬を再開したということだった。いまならまともな会話ができるのかもしれない。

ウェイトレスが近づいてきた。背が高く痩せていて、脱色したブロンドの髪をカールさせ、顔はほとんど隠れている。薬品の甘ったるい臭いが髪からして、かすかに吐き気を覚えた。ビールを注文すると、ウェイトレスはすぐに持ってきた。

ビールをひと口飲んで口もとを拭い、しばらく待った。カウンターの奥に鏡はないので、振りむかない限り、デッカーがいることには気づかれないはずだ。

二十分待ったが、レオポルドに近づいていく者は誰もいなかった。レオポルドは酒をふた口飲んだあと、グラスがなぜそこにあるのかわからないといった顔で下を見おろしている。

デッカーはテーブルに二ドルを置き、ビールのジョッキを持って、レオポルドの隣に腰を下ろした。

レオポルドはこちらを見なかった。まだグラスを見おろしている。

「外に出られた気分はどうだい。祝杯をあげているのかい」

レオポルドはこちらを見た。「あんた、法廷にいたな。見たぞ」

「留置場にも行った」

レオポルドはうなずいたが、あまり聞いていないようだった。もごもご聞き取れないような言葉をつぶやいただけだった。

デッカーは素早く相手を観察した。二回の出廷のために身なりは整えられ、私服も洗濯されていた。警官が臭いに耐えられなかったのだろう。

レオポルドは大きな声で言った。「留置場だ。そうだ。話をしたな」

「ああ、話した。撤回したんだな」

警戒したような表情が浮かぶ。「何をしたって？」

「自白を取り消したんだろう」

レオポルドはグラスを手に取り、もうひと口飲んだ。「あまり酒は飲まない。でも、うまいな」

「さっきも言ったが、祝杯だ」

「祝杯って、なにを祝うんだい」

「三人の殺害容疑が晴れた。自由の身になった。どちらもいいことだと思わないか」

レオポルドは肩をすくめる。「メシも食えたし、寝るところもあった」

「そのために殺人事件の自白をしたのかい。ベッドと三度のメシを手に入れるために」

レオポルドはまた肩をすくめる。

「それで、事件のあった夜はクランストンで勾留されていたのかい」

「たぶんそうだ。ずっとまえのことだから、覚えていない。覚えていないことはたくさんある」

「たとえば、本名とか？」

レオポルドは視線をこちらに向けたが、言われたことの意味はよくわかっていないようだった。

「少しでも疑いがあれば、判事はきみを釈放しなかっただろう」

「弁護士はとても喜んでいた」グラスを見おろしながら、レオポルドは言った。

「そもそも、あの事件のことをどうして知ったんだ」

「おれが……おれが殺したんじゃないのか」おどおどしたような声には、確信もなければ、言っている意味さえもわかっていないようだった。

バーテンダーは五十がらみの男で、デッカーと同じくらいの太鼓腹をしていたが、身長は十五センチほど低い。グラスを拭いていたが、視線を上げ、長いことレオポルドを見つめたあと、目をそらした。

「それは今朝判事に話したこととちがっている。きみは正反対のことを言っていた。あのときは弁護士に言うべきことを指示されたのかい」

「このことについては誰とも話しちゃいけないと言われた」

デッカーは興味を惹かれたように相手を見つめた。

いかれているように見えるが、たまに頭が働き、保身に走るのだろうか。薬が話をさせているのだろうか。

「確かに、余計なことは話さないほうがいいという考えもある。だが、べつに構わないんじゃないかい。警察もこのまま黙ってはいないだろう。きみは事件当時、留置場にいた。判事は公訴を棄却したが、ふたたび逮捕するには犯罪ときみを結びつける確かな証拠が必要だ。警察はそれを躍起になって探すだろう。きみのために殺しをやったと言う共犯者を連れてくるかもしれない。でっち上げることだってある」

「本当にそんなことができるのかい」レオポルドは子どものように驚いて言った。

「ああ。当然のようにやっている。悪い奴だと思えば、捕まえるためにはなんだってする。市民を守るために宣誓までしているんだからな。わかるかい」

レオポルドはうなだれ、グラスを持ちあげずに酒を飲んだ。犬が皿から水を飲んでいるようだった。

「それで、きみは自分がそうだと思うのかい」デッカーは訊いた。

「そうだと思うって、何が？」

「警察がなんとしても捕まえたい悪い奴なのかい」

「わからない」

デッカーはいらだちがつのるのを感じた。脳に起きた変化は甚大なものだったが、それは同時に嘘や戯言やごまかしに対処する能力を奪っていった。まっすぐな線を持つAをBよりも好み、1を2よりも好むようになったのは、そのあらわれなのかもしれない。話がなかなか先に進まないのはいらだちを招くだけだ。それは警察官にとっていいことでも悪いことでもあった。

「きみは以前、殺したと言った。わたしにそう話した。警察にもそう話した。だが、今朝は法廷で殺していないと言った。でも、いまここでは殺したかもしれないと言う。事件の夜には現場からずっと離れた街にいたのに。わたしは混乱している。警察もそうだったと思う。いったい何が真実なんだ。それを知りたい」

レオポルドはデッカーに顔を向け、初めてそこにいるのに気づいたような顔をした。

「あんた、なんでそんなことを気にするんだ」

セブンイレブンでレオポルドを侮辱したのが事実なら、その男と同一人物であることに気づかれないほど外見が変わったとは思えなかった。太って醜くなってはいても、顔はさほど変わっていない。つまり、レオポルドはまったくの無実か、嘘をついているかのどちらかだ。

「この事件に興味があってね。これだけの時間が経ってから容疑者が逮捕されるとは思わなかった」

「迷宮入り事件《コールド・ケース》だ」

意外な言葉が出てきた。「コールド・ケースと呼ぶことを知っているのかい」

「その手のテレビ番組が好きなんだ。シェルターで時々観ていた」

「ホームレスのシェルターかい」

レオポルドはうなずく。「ホームレスだから、あちこちを転々としている。外で寝ることもある。ほとんど外で寝てる」疲れきった声で言う。

「どうしてだい」

「そのほうが安全だ。シェルターにいる奴らは、あんまり……親切じゃない」

「あの殺人事件に興味を持ったのは、コールド・ケースだからなのかい」

「そうだと思う」

「だけど、どうしてあの事件なんだい。未解決なのはあれだけじゃないだろう。誰かから話を聞いたのかい」

レオポルドはうなずいた。グラスを見おろし、手を使わずに酒をひと口飲んだ。

「何を注文したんだい」デッカーはグラスを見ながら訊いた。レオポルドの飲み方に嫌悪感を覚えながらも、それを顔に出さないように努めた。

「カミカゼだ。好きなんだ」

「あまり酒は飲まないと言っていたじゃないか」

「それは金がないからだ。でも、どっかから五ドル出てきた。飲めるときは、いつもカミカゼだ。好きだから」

「カクテルのことを言っているんだろう。日本人の特攻隊のパイロットが好きなわけじゃないよな」

レオポルドは肩をすくめる。肯定とも否定とも取れない。「子どものころはパイロットになりたかった」

「だが、敵機に突っこんで死にたかったわけじゃないだろう」

「ああ、ちがう」

「それで、この事件について誰かと話をしたのかい。誰かから聞いたんじゃないのかい。いい考えだと思ったんだろう。温かいベッドと三度のメシが簡単に手に入る。だから自白してみるといいと誰かに言われたんじゃないのかい。メシとベッドのために」

「いったい誰がそんなことを言うってんだ」

デッカーはビールを飲みほし、ジョッキをカウンターに勢いよく叩きつけた。レオポルドは飛びあがった。狙いどおりだ。イタチみたいなこの男を調子に乗らせるわけにはいかない。

「そんなことは知らん。だから訊いているんだろう。そいつの名前を教えろ」

「もう行かないと」

レオポルドが立ちあがろうとしたところを、デッカーは肩をつかんで席に押しもどした。「メシと言えば、何か食わないか。腹が減っているだろう。警察は何もくれなかっただろうから」

「なんでわかるんだ」

「殺人事件を自白したからだ。警察は怒り心頭だ。何も食わせてなどやらない。だから何か食いながら話そうじゃないか」

「本当にもう行かなきゃならない」

「どこへ？　誰かと会うのかい。ついて行くぞ」

「なんでそんなことをするんだ」

「どこも行く場所がないし、きみは面白そうな奴だから。面白い奴は好きだ。この街にはあまりいない」

「この街はくそったればかりだ」

「くそったれ？　確かに多いかもしれん。たとえばどんな奴がくそったれなんだ」

レオポルドが立ちあがり、今度はデッカーも引きとめなかった。バーテンダーがこちらを見ている。警察を呼ばれるのは避けたかった。

「それじゃ、また会おう」デッカーは言った。

かならずまた会うことだろう。

レオポルドは店を出ていった。十五秒待ってから、デッカーも店を出た。どこへ向かうとしても、そこまでついて行くつもりだった。

だが、外に出るとセバスチャン・レオポルドの姿は消えていた。

25

通りを両方向に向かって百メートルずつ歩いてみた。バーの脇には細い路地があったが、行き止まりになっていて、奥の壁にはドアもついていない。脇道をはさんでドラッグストアがあるが、勝手口には鍵がかかっていた。それ以外には、全速力で走ったとしても十五秒でたどり着けるような道はない。レオポルドが脇道のドアから店に戻ったのかと思い、いったん店に行ってみたが、姿はなかった。

周囲にはいくつか店があったが、そのどこにも姿はなく、レオポルドを見た者もいなかった。通りにひとの姿はなく、目撃者もいないようだった。

考えられることはひとつ。誰かがレオポルドを車に乗せて連れ去ったということだ。そして、突拍子もないようだが、それは事前に計画されていたことのように思えた。レオポルドへの疑念が高まる。しかも見失ってしまったことで、腹立たしさは倍増した。

だが、何もできることはないので、マンスフィールド高校へ向かうことにした。

追悼のために集う人々の姿はなく、代わりに立入り禁止を示す黄色いテープの外で、ふたつのグループが抗議活動を行っていた。一方は銃の所持に賛成派、もう一方は反対派だ。いずれのグループも叫んだり呼びかけたりを繰りかえし、時に小競りあいもしている。

〝銃を持て！　銃を持つな！　憲法修正第二条だ！　銃がひとを殺す！　いや、ひとがひとを殺す！　殺戮《さつりく》はどこまで続くのか！　地獄へ堕ちろ！〟

デッカーは人々の脇を通りすぎ、関係者用のバッジを警備員に見せてなかに入った。図書室の捜査本部でランカスターと合流した。

罪状認否手続きで起きたことを話すと、ランカスターは愕然とした。

「もう釈放されたの？」

デッカーはうなずく。

「マックが聞いたら怒るわ。シーラ・リンチならなんとかしてくれると思ったのに。弁護士に完全に不意打ちをくらったのね」

「弁護士は自分の仕事をしただけだ。真実と正義はかならずしも同一じゃない。判事の判断は正しかったと思う。自白を撤回されたら、何も証拠はないんだ。アバナシーは最初からこの件に対していらだっていた。木槌を振りおろす理由を探していたんだろう。そして振りおろした。過去にもそうしたように」

長年のあいだにかぞえきれないほどの公判に出廷し、デッカーは弁護士とほぼ同程度の知識を持っていることを実感していた。異なるのは、ロースクールの卒業証書と法曹協会の会員証を持っていないことだけだ。

「ずいぶんと冷静な意見だこと。ありがたいわ、エイモス」ランカスターは冷たい声で言った。

「それ以外になんと言えばいいんだ」デッカーはぶっきらぼうに言った。「そうでも考えないと、やっていられないだろう。前を向くしかない」

ランカスターは視線をそらし、ガムを噛んだ。「忘れてちょうだい。ひどい一日だったの」

レオポルドを尾行して、バーを出たあとに見失ったことは黙っていた。その話を付け加える必要はない。逃してしまった自分がいかに愚かだったかと痛感していた。こんな頭脳を持っているというのに、愚かなさまをさらすのは避けたい。

「FBIは張りきっているようだ。捜査官たちは、いつもより活気に満ちて走りまわっている」

「大量殺人と、それに関連した事件、さらにデビー・ワトソンに関する発見。事件の規模が大きくなってきているのは間違いないわ」そこで言葉を切り、書類のページをめくる。「あなたと話をしたいそうよ、エイモス。FBIが」

デッカーは意外そうな顔をした。「なぜだい」

「あなたが新しい手がかりを全部見つけたからよ。それだけじゃなく、犯人があなたに個人的な感情を持っているという事実もあるわ。家の壁に書かれていたメッセージはあなたに向けられたものだった。デビーの家にあった暗号もそうだった。あなたへの恨みを持つ犯人への手がかりを、ＦＢＩは少しでもつかみたいようなの」

「じゃあ、いつ話せばいいんだ」

「いまがちょうどいいと思うんですが」声がした。

声のほうを見ると、すぐ近くに身長百八十センチ強で肩幅の広い四十代の男が立っていた。ぱりっとしたスーツを着て黄色いポケットチーフを挿し、それによく合ったネクタイをしていた。髭はきれいに剃られ、身体は引き締まっている。群れのリーダー格といったタイプで、ほかの捜査官たちから羨望にも似たまなざしを受けていた。

デッカーにとっては初めて見る顔だった。現場に着いたばかりのようで、おそらくワシントンＤＣから来たのだろう。重大な事件に大きな戦力を送りこめば、全国の注目を集められる。ＦＢＩのやりそうなことだ。瑣末な事件は地元警察に任せ、国じゅうに知れ渡りそうな事件については手柄を奪っていく。

男は片手を差しだして微笑んだ。真っ白な前歯がちらりとのぞく。「特別捜査官のロス・ボガートです。ここに来るのは少し遅れました。ＤＣにまだ仕事があったので。ミスター・デッカー、差しつかえなければ、どこか静かなところへ行って話をしましょう」

「差しつかえがあると言ったらまずいですか」

「われわれは同じ目的を持っているはずです。巡査から刑事になられたことは知っています。捜査の手順はご存知だと思いますが、どんなささいなことでも重要なのです。調べる必要のないことなどありません。あちらで話しませんか」ボガートは図書室の奥のドアを指さした。そこは外国人の生徒たちが使う読書室だった。

デッカーは立ちあがり、ボガートに続いた。もうひとり、見覚えのある女性捜査官もついてきた。三十代で、筋肉質のふくらはぎを持ち、厚板のような顎が突きでている。片手にはレコーダーを持ち、反対側の手にはノートとペンを持っている。ＦＢＩのバッジは腰のところについている。

「ラファティ特別捜査官も同席します」ボガートが言った。

「それじゃ、ランカスター刑事も同席させたいのですが。最初から事件を担当しているので」

「それはまたべつの機会に」ボガートは微笑み、ドアをあけて明かりをつけた。

三人は小さなテーブルをはさんで、デッカーが一方に、ふたりの捜査官がもう一方に腰をおろした。ラファティがレコーダーのスイッチを押し、ノートをひらいてメモを取る準備をする。

「デジタルの発達した時代ですが、まだ速記も使っているんですか」デッカーはラファティに向かって言った。「録音なら百パーセント正確ですが、速記は書くひとの解釈も加わるし、意識しなくても書きとめる事項を選んでしまうと思います。ちょっと気になっただけですが」

ラファティはどう答えたらいいかわからず、ボガートのほうを見る。

ボガートが口をひらく。「最初から詳しく話してください。まだ事実関係に追いついていないので」

「それよりも要点を話したほうが時間の節約になります」デッカーはそう言い、ボガートの返事も待たずに話しはじめた。「十六カ月まえ、わたしの家族が殺されました。事件は未解決のままです」それからセバスチャン・レオポルドが自首してきたこと、勾留されたこと、自白を撤回したこと、そして証拠不十分で釈放されたことを話した。「ご存知だと思いますが、弾道分析によってわたしの家族の事件と乱射事件につながりが出てきました」

「そのレオポルドが乱射事件の犯人でないのは確かなのですか」ボガートが尋ねる。

「もちろん確かです。勾留されていたんです。事件が起きる数時間まえから」

「犯人が隠れていた場所がわかったそうですね。カフェテリアの貯蔵室だとか」

「証言をつなぎ合わせ、経験による勘で発見しました」

「それから、デビー・ワトソンのロッカーにあったノートに絵を見つけ、その絵は犯人らしき姿だった」

「それも経験による勘で発見しました」

その言葉に耳を貸さないかのように、ボガートは先へ進んだ。「それからデビー・ワトソンの家へ行き、楽譜に書かれた暗号を見つけた。それ以前に、あなたの家族が殺された家に、あざ笑うようなメッセージが書かれていた。それもあなたが見つけた」ボガートは言葉を切り、しばらくしてから言った。「言わないんですか。〝経験による勘で発見しました〟と」

「必要ありません。おっしゃっていただいたので」

「どうもあなたは、すべてを少々軽く受けとめているような印象を受けます。理由をお聞かせいただきたい」

「軽く受けとめてなどいません。だからこそ、警察を辞めたのにこの事件の捜査に協力しているんです」

ボガートはデッカーの前にあるファイルに目をやった。「この事件だけではないでしょう。十六カ月まえに起きた事件も関係があるはずです」

「正確には十六カ月二日と十二時間六分です」

「なぜそこまで正確に言えるんです。腕時計も見ていないのに」

「あなたの後ろに時計があります」デッカーは言った。ボガートは振りむかなかったが、ラファティが振りむき、何かをメモした。

時計を見る必要などなかった。頭のなかではいつも正確に時を刻んでいる。ロレックスよりも正確で安価だ。

「興味があるなら教えますが、秒単位までわかります」デッカーは淡々と言った。「乱射事件が起きたときの居場所を知りたいなら言いますが、第二分署にいました」

ボガートは眉をひそめ、考えこむような顔になった。「なぜ訊かれてもいないのにアリバイを言うんです。疑われていると思っているんですか」

「それを言うなら、誰であろうと疑うのがそちらの仕事でしょう」

ラファティがデッカーの言葉を一言一句漏らさず書きとめている。

「なんとなく敵意のようなものを感じますが、それは意図的なものなんでしょうか」

ボガートが言った。

「いいえ。そういう性格なんです。まわりに訊いてみてください。言葉をオブラートに包むことができないんです。そういった能力をなくしてしまい、歯に衣着せぬ物言いしかできなくなりました」

「警察での実績はかなり際立っていましたね。あなたとパートナーは」

「元パートナーです」デッカーは訂正した。もともと正確でないと気がすまない性質《たち》だが、特にいまは徹底しておきたかった。

「元パートナーですか。聞いたところによると、明らかにあなたがリーダーシップをとっていたとか。ですが、すべてがあなたの功績とは思いません。ランカスター刑事の貢献を過小評価するつもりはありませんので」

「結構なことです。メアリーは優秀で勤勉な刑事です」そう言ってデッカーはラファティを見た。「あなたも努力すれば、上司の書記を務める以上のことができるはずです。能力はあるのに、チャンスが与えられていない」

ラファティは顔を赤らめ、ペンを置いた。

ボガートは身を乗りだした。「犯人はあなたに強い恨みを持っているようです。誰なのか、心あたりはありませんか」

「心あたりがあれば、とっくに情報提供しています。バーリントン警察署に」

「共同捜査であることをお忘れなく」ボガートの顔からは、最初に浮かんでいた笑みは消えていた。

「そう言っていただけるのは光栄です」

「心あたりはないということですね」

「レオポルドによれば、わたしがセブンイレブンで彼を侮辱したということでした。家族が殺される一カ月まえのことだそうです。でも、そこで誰かを侮辱したことはありません。誰かとトラブルになれば、わたしはかならず覚えています」

「つまり、それだけ記憶力に自信があるということですか」

「誰かとトラブルになれば、かならず覚えていると言っているんです」

「でも、かなりの時間が経っているので、忘れていることもあるでしょう。それはささいなことかもしれないし、一見無関係に思えることかもしれません。気にも留めなかったという可能性もあります。誰でも何かを見逃すことはあると思います。記憶というものはそもそも曖昧なものです」

「誕生日はいつですか」

「えっ？」ボガートは虚を衝かれたように言った。

「誕生日を教えてください。生まれた年月日を」

ボガートはラファティと顔を見あわせてから言った。「一九六八年の六月二日です」

デッカーは目を五回しばたたいた。「でしたら、日曜です」

ボガートは椅子の背にもたれた。「確かに。そういえば、母から聞いたことがあります。なぜわかったんですか。わたしの経歴を調べたんですか」

「調べる手段がありません。五分まえまで、あなたの存在すら知りませんでした。よかったらあなたの同僚についても同じことをしましょうか」

「それで、何が言いたいんです」

「セブンイレブンで誰かを侮辱したのなら、それが十七カ月まえであろうと、十七年まえであろうと、わたしはかならず覚えているということです」

「つまり、レオポルドが嘘をついていると？」

「セバスチャン・レオポルドは彼が装っているような人物ではありません」

「どんな人物を装っているんですか」

「ホームレスで、頭がいかれている男です」

「つまり、レオポルドはホームレスではなく、頭もいかれていないと考えているのですか」

「警戒すべき人物だと言いたいのです」

「でも、乱射事件の犯人ではないということでしたね。あなたの家族を殺害したと思っているんですか」

「それは不可能です。家族の事件にもアリバイがあるんです。ですが、なんらかの形で関与しているような気がしています」

「なぜですか」

「殺人犯であることを自白してきて、それから忽然と姿を消したんです。偶然だとは思えません」

「レオポルドが事件にかかわっていると考えているんですか。そして姿を消したと」

「確信はありません。もしレオポルドを見つけたとしても、逮捕することはできません。証拠が何もないのですから」

「それなのに、かかわっていると思うんですか」ラファティが口をひらいた。

ボガートはラファティのほうを向いた。口をはさんできたことに驚いているようだった。

デッカーはラファティを見据えて言った。「なぜなら、あの男は不可解だからです。不可解な人間は好きではありません」

26

デッカーはボガートとラファティを読書室に残し、カフェテリアへ向かった。すべてはそこから始まったのだ。市松模様のリノリウムの床が何かを呼びかけてくるような気がした。

船乗りを呼びよせて船を沈めるセイレーンのように。

まずカフェテリアの周囲を歩いてから、冷凍庫のなかを見て、それから調理場を見たあと、外の荷降し場から林へと続く経路を見ていった。それが犯人の逃走経路だと思っていた。いまでもそう考えている捜査員は多く、デッカーの発見以降、鑑識班はこれらの箇所やその周辺を徹底的に調べていた。

だが、デッカーはその考えには懐疑的になっていた。

図書室に戻り、生徒が使っていた椅子のひとつに腰を下ろす。両端から尻の肉がはみ出て、椅子の細い脚はかつてないほどの重みを支えようと悲鳴をあげている。

本当にカフェテリアに犯人がいたとしたら、なぜそこを選んだのか。乱射事件が始まった場所からはかなり離れている。教員のオフィスや図書室を別とすれば、隠れ場所としてはもっとも遠い。朝のあの時間帯、それ以外の教室などには多くの人々がいた。

七時二十八分、メリッサ・ダルトンは冷凍庫のドアがあく音を聞いた。
八時四十一分、迷彩服の男が防犯カメラに映った。
八時四十二分、デビー・ワトソンが顔を撃たれて死んだ。
一時間十三分の空白は謎のままだ。なぜそんなに長い時間が空いたのか。着替えて武器を持ったとしても、長すぎる。なぜ待ったのか。あるいは、待ったのではなかったのか。何かをしていたのか。この計画に重要な何かを行うのに、それだけの時間がかかったのか。

デッカーはすわったまま数分間、思案をめぐらせた。

カフェテリアからデビー・ワトソンが殺された場所までは長い距離があるが、廊下を歩く人物は目撃されていない。その時間帯に廊下が目に入る可能性がある人物は、ふたりの教師だったが、その証言も確実とは言いきれない。教室内を歩きまわったり、左右を見まわしたりしていれば、誰かが通っても見逃すかもしれないからだ。

犯人がカフェテリアから侵入したなら、校舎の後方まで誰にも見られることなく着かなければならない。それが要点Aだ。

要点B。実際に校舎の後方まで行った。

要点C。そこまで行った方法だ。それがいちばん知りたかった。

そのとき、頭の奥のほうで何かが動きはじめた。それは事故の衝撃で新しくなった脳をくぐり抜け、何かの形になろうとしていた。

デッカーは立ちあがり、外へ向かって走った。そして校舎の礎石に刻まれた年号を見た。

一九四六年。

知ってはいたが、あらためてその数字を見ていると、頭のなかに立てている仮説がより確かなものに感じられた。数字を見ると色が浮かんだが、いまはそんなことは気にならない。

一九四六年。

第二次世界大戦が終結した翌年。

新たな戦いがすぐに始まった。

冷戦だ。

核兵器の脅威。最終戦争。子どもたちは水爆の投下などの緊急時に備え、机の下にもぐりこむ訓練を行っていた。まるで二、三センチ程度の板が、百万トンもの爆薬に耐えられるとでもいうように。

カフェテリアに急いで戻る途中、廊下ですれ違ったＦＢＩの捜査官たちが怪訝な表情でこちらを見ていた。だが、デッカーの目には入らなかった。気づいてもいなかった。ただ本能に従っていた。頭のなかには余分なものを遮断する壁ができ、ひとつの線を追いもとめていた。その先には答えのない問いに対する答えがあるのかもしれない。

カフェテリアの中央に立ち、四隅に視線を走らせた。それから貯蔵室に入り、同じことをした。それから荷降し場に出た。

その場から見た限りでは、探しているものは見当たらなかった。問題は、それがなんなのか自分でもよくわからないということだった。捜査の仕事はいつもそうした矛盾を抱えている。

自分でもよくわからない。何事も忘れない脳の持ち主でもわからないことがある。なんと皮肉なのだろうか。

デッカーがわからないなら、犯人もわからないのではないか。だとしたら犯人は、誰かわかっている者に頼ったのではないか。

あるいは、わかっている者と知りあいの者を。

この推論でいけば、いくつかの謎が解けるかもしれない。

学校はひとつの施設であり、建造物だ。多かれ少なかれ、改築されている可能性はある。最初の建築から何十年も経っていることを考えれば、確実に改築されていると言っていい。ドロップダウンの天井は一九四六年にはなかったはずだ。それ以外に加えられたり、取り除かれたりしたものがあるのではないか。

あるいは覆われているとか。覆われているものは、もはや必要ないものだろう。そして忘れられているのだろう。

デッカーは図書室に入り、電話をしているランカスターに向かって手招きした。電話を終え、ランカスターは戸口のデッカーのところに急いでやって来た。図書室の奥から、特別捜査官のボガートと書記役のラファティが鋭い視線を向けてくる。

何気ない表情を取りつくろい、デッカーは小さな声でランカスターに話しかけた。世間話をしているように見えたかもしれない。ふたりはそろって図書室を出た。

廊下に出てからランカスターが言った。「そんなことが本当にあると思っているの？　聞いたことがないわ」

「聞いたことがないからといって、存在しないとは言い切れない」

「あなたはここに通っていたのよね。そういう噂を聞いたことがあるの？」

「いや。思いつきもしなかった。だが、ずっとまえからそうだったのかもしれない。たぶんそうだと思う」

「でも、いったい誰が確かなことを知っているのかしら。あなたの話によれば、それは六十年近くまえからあることになる。一度も使われなかったかもしれない。そのことを知るひとはとっくに亡くなっているか、かなりの高齢だわ」

「当時の生徒はどうだろう」

「それだってかなり高齢よ。教師に至っては全員亡くなっていると思うわ」

「調べる方法はあるはずだ、メアリー。記録が保存されていれば……」

外に出たときにデッカーは言葉を切った。左手には古い基地が見える。

「陸軍には記録があるかもしれない」

「陸軍？　どうして」

「基地が建設されたのは、確か三〇年代だったと思う」

「そうね。わたしの祖父が働いていたし、バーリントンの住民の半分が働いていたわ。第二次世界大戦のときに、どこの基地でも行われていたように大規模な増築がされたみたい」

「高校ができるよりもまえから基地があったことは確かだ。基地で働く親は子どもをマンスフィールド高校に通わせていた」

ランカスターはデッカーの言わんとしていることを察しはじめた。「親たちが考えついたことだと思うの？」

「そうだとして、六〇年代後半に基地で働きはじめたデビー・ワトソンの曾祖父が、同居していた幼いデビーにその話をしたとしたらどうだろう」

「そして、デビーが犯人に話したと思うのね」

「犯人がデビーを必要とした理由はほかにない」

「でも、デビーにそういった知識があるということをどうやって知ったのかしら」

「方法はいくらでもある。それは重要じゃない。でもこの推論が正しければ、犯人がどうやってカフェテリアから奥の廊下まで姿を見られずに歩いたかが説明できる。それがわかれば、さかのぼって犯人の侵入経路も予測できる」

ふたりは急いでランカスターの車に乗りこんだ。

図書室の窓からはボガートがふたりを見ていた。その表情は険しい。

隣ではラファティが忙しくペンを走らせていた。

27

ドアをノックするとジョージ・ワトソンが出てきた。髪は乱れ、右の頬には黄色と紫の痣ができていた。

「だいじょうぶですか」ランカスターが言った。

ジョージはすがりつくようにドアの枠に寄りかかった。「だ、だいじょうぶだ。妻が……妻が出ていく。でも、だいじょうぶだ。くそっ……なんでなんだ」

デッカーは一歩近づいて臭いを嗅ぎ、そのあいだランカスターはジョージを見据えていた。

デッカーがランカスターを見てわずかにうなずく。かつてもこの方法を取っていた。うなずけば、酒を飲んでいるという合図。首を振れば、素面《しらふ》かそれに近い状態。近づいて嗅ぐまえからわかっていた。ジョージのろれつは回っていないし、壁にもたれなければ立ってもいられないし、目は据わっている。

「奥さまは？」

ジョージは室内を指さす。「に、荷物をまとめてるよ。あの女め！」

「おふたりとも、とてもつらい思いをされましたね」デッカーは言った。

「む、娘も死んじまったし……妻もいなくなる。おれが言いたいのはな、なんだかわかるか？」

「いえ、わかりません」デッカーが答える。

「くたばれってんだ」ジョージは細いほうの腕を振りまわした。「みんな、くたばれってんだ」

「少し、横になったほうがよろしいかと」ランカスターが言った。「そうすれば酔いも醒めるでしょう」

むっとした表情が浮かぶ。「よ……酔ってなんかいねえ」そこで大きなげっぷをする。いまにも吐きそうに見えた。

「それならよかったです。でも、少し眠ったほうがいいと思います」

デッカーはジョージのまともなほうの腕をつかみ、居間のソファへと連れていった。

「ここで少し休んでいてください。そのあいだに奥さまと話をしてきます」

ジョージはソファにすわりこみながら言った。「あ、あんなのは女房じゃねえ。ど、どこへでも行きやがれってんだ！」

ジョージは横になって目を閉じたとたんに静かになり、寝息を立てはじめた。

デッカーは廊下を歩いていき、隣の部屋のドアを叩いて呼びかけた。「ミセス・ワトソン？」

何かが床に落ちる音がした。「誰よ?」ベスの叫び声が聞こえる。

「警察です」ランカスターが言った。

「あいつ、警察を呼んだの? わたしに殴られたくらいで? むこうが先に殴ってきたのよ。片腕男のくせに」ベスが怒鳴りちらす。

「そのことで来たんじゃありません。娘さんのことです」

ドアがあいた。ベスはハイヒールに白いスリップ一枚という姿だった。その格好だと、肌の青白さがよりいっそう増して見える。腕の肉はたるんでいる。片方の頬が赤く腫れている。近づいて嗅いでみるまでもなく、酒の臭いがぷんぷんした。だが、ベスはまっすぐ立ち、言葉もはっきりしている。しっかり話そうとしている。

「なんなのよ、娘のことって」

「前回お伺いした際に、ご主人からお祖父さまのことを聞きました」

ベスは戸惑い、眉をひそめた。「サイモンのこと? どうして」

「マクドナルド陸軍基地で働いていたと聞きました」

「そうよ。それがどうしたの。何年もまえに亡くなってるのに」

「でも、ここであなたがたご夫婦と同居されていたのでしょう。デビーも」

「そうよ。だから、それがどうしたの」夫とはちがい、ベスは壁にもたれなくてもしっかりと立っていた。酒には強いようだ。以前から飲む習慣があったのかもしれない。

「お祖父さまは、基地での仕事について話をしていましたか」

「そりゃ、年寄りは昔話しかしないもの。第二次世界大戦。朝鮮戦争。政府のための仕事だとかなんとか。朝から晩までよ。そのうちうんざりしたわ。過去に生きるなんてまっぴらよ」

ベスはデッカーを押しのけ、廊下の先に向かって叫んだ。「ジョージ、わたしは過去に生きるなんてまっぴらよ！　絶対にごめんだわ。未来に向かって生きるわ。過去なんて糞食らえよ。あんたなんて糞食らえよ。意気地なしの片腕男！」

デッカーは太い腕でベスを部屋へゆっくりと押しもどした。

「お祖父さまですが、マンスフィールド高校で仕事をしたと言っていませんでしたか」

戸惑ったようにベスの目が泳ぐ。「マンスフィールドで？　していないと思うわ。仕事をしていたのは陸軍基地よ」

「ええ。でも、高校と基地は隣り合わせです」

サイドテーブルから煙草を取り、ベスは火をつけた。煙を吐きだし、デッカーをにらみつける。「それがなんだっていうのよ」

「あの高校は大戦が終わって冷戦が始まるころに建てられました。国じゅうの人々が自宅の裏庭に核シェルターをつくったような時代です。大型の建造物にも同じことが行われ、学校も例外ではありませんでした。地下にシェルターがつくられたのだと思うんです」

ベスは何かに思いあたったようだ。「ちょっと待って。かなり昔だけど、サイモンはマンスフィールドの……呼び名は忘れたけど、何かについて話していたわ。最初につくったのは自分じゃない、建て増したんだとも言っていた。すっかり忘れていたわ」

「その何かというのは、どういうものですか」ランカスターが訊いた。

ベスはデッカーを指さした。「このひとが言ったものよ。学校がロシアに爆撃されたときに、避難する場所」

「ソ連です」デッカーは訂正した。「それはいいとして、詳しい話は聞きましたか。それがどこにあるかとか」

「いいえ、そういったことは何も。一度も使われなかったらしいの。その後はたぶん封鎖されたみたい。潜りこまれたりしたら困るからよ。高校生なんてホルモンのかたまりみたいなものでしょ。そんな場所があれば、やることは決まっているわ」そこで言葉を切り、小さな声で言った。「乱交パーティよ」くすくすと笑い、しゃっくりをする。「わたしが高校生のときにそんな場所を知っていたら、まっさきにやっていたわよ」

ベスは廊下に身を乗りだして叫んだ。「乱交パーティをやるわ！　明日にでも。たくさんの男たちとやりまくってやる！」

デッカーはふたたびベスを部屋に押しもどした。

「地下にシェルターがあったのですね。思いだしていただけてよかったです」ランカスターは横目でデッカーを見ながら言った。

ベスはゆがんだ笑みを浮かべた。「あんまり記憶力はよくないの。でも、ある日料理をしているときにサイモンがその話をしたのは覚えている。いつもあの爺さんの話なんて聞いてないし、わたしは記憶力も悪くて、誕生日とかを覚えるのも苦手よ。だけど、そのときドイツ風チョコレートケーキをつくっていたせいで、その話を覚えていたの。つくったのはあれが最初で最後だけど。それがヒントになって覚えていたのよ」

「何が何のヒントなんですか？」ランカスターは混乱して言った。

「ドイツ風チョコレートケーキよ。ドイツとロシア。ロシア人ってドイツにいるんでしょ」

デッカーが答えた。「ええ、そうです。そうとも言えます。半分はいます」

ベスは微笑む。「そんなことで思いだすなんて、脳って不思議よね」

「詳しく教えてください。サイモンにはその地下のシェルターについて知っている友人などがいませんでしたか」

「聞いたことはないわ。死んだときは九十を過ぎていたのよ。生きていればもう百歳近い。知りあいはみんな死んでるわよ」それから小さな声で言う。「デビーみたいにね」

気づまりな沈黙が流れたあと、デッカーが口をひらいた。「ほかにも何か思いだしたら、ランカスター刑事に連絡をください。とても重要なことなんです。このような事件を起こした犯人を捕まえねばなりません。デビーの命を奪った犯人を」

「まだ、デビーが共犯者だと思っているの？」

「いいえ、思っていません」

ベスの唇が震える。「デビーはいい子でした」

「もちろんそうでしょう。だからこそ、こんな事件を起こした犯人をなんとしても捕まえたいのです」

ランカスターは荷造り中のスーツケースを見て言った。「余計なお世話かもしれませんが、娘さんを失った直後に早まった行動をしなくてもいいんじゃないでしょうか。ご夫婦で一緒にこれを乗りこえてからでも、決断を下すのは遅くないはずです。早計な行動はあとで後悔することにもなりかねません」

ベスはランカスターをにらみつけた。「二年まえも出ていこうとしたけど、デビーのために思いとどまったのよ。そしてデビーはいなくなった。これ以上自分の人生を無駄にしたくないの。そろそろ荷造りに戻ってもいいかしら。さっさと出ていきたいわ」

ふたりの目のまえで、ドアが勢いよく閉められた。

「〝喜びのときも、悲しみのときも〟連れ添うのはむずかしいわね」

「結婚生活が長くなればなるほど、夫婦仲が悪くなるというケースもある」デッカーは言った。「だが、わたしの仮説が現実みを帯びてきた。サイモンは高校に地下シェルターがあることを知っていたようだ」

「それじゃ、これからどうするの」

「外へ出よう。きみは煙草を喫い、わたしは電話をかける」

「煙草なんていつでもやめられるのよ」

デッカーはランカスターを見つめた。「いや、やめられない。きみはニコチン中毒だ」

「冗談よ。なんでいつも言葉どおりに受けとるのよ」

デッカーはすでに陸軍に電話をかけ始めていた。

三回電話をかけ直し、たらい回しにされたあと、ようやく事情のわかる相手と話すことができた。デッカーは根気強く自分の身分を名乗り、訊きたいことについて説明した。

「マンスフィールドですか」電話口の女が言った。「乱射事件があった学校でしょう」

「そうです。犯人の侵入経路と逃走経路を調べています。マクドナルド陸軍基地と隣り合わせなので、何かつながりがあるのではないかと考えました。そして、地下に通路か施設のようなものがあるらしいことがわかりました。それを見つけ、どこから入るのかを知りたいのです。学校じゅうを探しまわるのは大変ですから」

「そういうことでしたら、正式な書式で申請をしていただいて、承認が下りるのをお待ちください」

「そうですか。承認が下りるのにどれくらいかかりますか。われわれは殺人犯を追っているのです。数多くの子どもを殺した犯人を。時間がかかればかかるほど、犯人は遠くへ逃げてしまいます」

「すぐに下りると言いたいところですが、陸軍のことですから。素早く動けるのは戦闘のときだけというわけです。前線以外のことに関しては、あまり迅速ではありません」

デッカーは申請をどこへ出すのか訊いてから、通話を終えた。

ランカスターは車のボンネットにもたれ、デッカーが陸軍とイタチごっこのような電話をしているあいだに三本の煙草を喫っていた。

最後の煙草が地面に捨てられ、靴のかかとで踏み消される。「どうだった？」

「返事が来るころにはわれわれは老衰で死んでいるだろう」

「それじゃ、どうするの」

「自分たちで探すしかない」

28

デッカーとランカスターは学校のカフェテリアへ行き、いちばん奥に立った。

「シェルターへの入口はここにあると考えるのが妥当ね」ランカスターが言った。

「広いし、たくさんの生徒が集まれる場所だから、緊急時には一斉に避難できる」

デッカーはうなずいたが黙っていた。

「ここに入口があるなら、何かで隠されているはず。冷蔵庫とか」

デッカーは首を振った。「それほどよく使うものじゃない。緊急時にはすぐに動かさなきゃならないから」

「それじゃ、板で覆われているか、建て増しされて隠されているとか」

「壁や床や天井を壊して入った可能性は低い。音も出るし証拠も残るし、どうやって校舎の後方まで行ったのかが一目瞭然になる」

「でも、証拠は実際に残していたわ。冷凍庫の食材が傷んでいたじゃない」

「意図的にやったんだ。冷凍庫から出たらすぐに温度を下げることもできるのに、それをやらなかった。一晩じゅう潜んでいる必要もなかった。ただ、そこに隠れていたと思わせたかったんだ。だが、どうやって校舎の後方まで移動したかは知られたくなかった。少なくとも、時間稼ぎをしたかった。そのために天井裏に証拠を残し、床にタイルの粉を落としたりしたんだ。典型的な捜査攪乱《かくらん》だ。われわれを欺き、無駄な時間を使わせている。狙いどおりの展開というわけだ」

ランカスターは周囲を見まわしている。「ここにあるはずの入口は隠されているのね。どこにあって、どんなふうにかはわからないけど」

「〝隠されている〟という言葉はさまざまな意味に取れる。でも重要なのは、犯人がデビーと親しくなった理由はひとつしかないということだ。デビーが地下通路の存在を知っているという事実だ」

「でも、デッカー。どうやったら犯人がそこまで知ることができるの」

「わたしでさえ、直感とわずかな捜査で知ることができたんだ。犯人にだって可能だ。この街は比較的小さい。サイモン・ワトソンが基地で働いていたことを知る方法はいくらでもある。息子の一家と同居していたことも同様だ。デビーが地下通路のことを知っているかどうか確かめようと近づいてきたのかもしれない。そしてデビーは知っていた」

「そこまでするには、よほどの下準備と計画が必要よ」

「それをやり遂げる人物こそが犯人像にぴったりだ」

デッカーは壁の前を行きつ戻りつしていた。

ランカスターはそれに気づいて言った。「この手の〝規則〟は六十年まえから変わっていないんでしょうね。あなたはこの学校に通っていたし、もう頭にこびりついているでしょ」微笑みながら言う。

規則とは、デッカーの前にある大きな壁に掲げられているものだった。大声を出さない、食べ物を投げない、他人の皿から料理を取らない、牛乳パックをテーブルに置きっぱなしにしない、ごみはごみ箱に捨てる、走らない、などといったことだ。

「ねえエイモス、聞いてる――」

デッカーは片手をあげてランカスターの言葉をさえぎり、壁際を歩いて床を見おろす。

「メアリー、これがなんだかわかるか」

ランカスターはかがみこみ、デッカーの指さす場所を見た。

「足跡ね。生徒の靴かしら」

「いや、ちがうと思う。マンスフィールド高校に制服はない。男子はたいていスニーカーを履いている。これまで見たところでは、女子はスニーカーかフラット・シューズ、あるいは太いヒールの靴だ。どの靴も、こんな跡は残さない。リノリウムを強くこすっている。それにヒールのような小さな跡ではない。長い跡だ。そしてわずかにカーブしている。あまり見たことがない」

「それじゃ、これはなんだと思うの？」

デッカーは壁に近づいた。規則は壁と同じ色で塗られた大きな板に書かれている。板は床から天井近くまでの高さがある。

「一見、蝶番はないようだが……」

デッカーは壁の右端のいろいろな場所を指で探ってみた。反対側にも同じことをした。十分ほどつついたり、引っぱったり、押したりしているうち、カチリという音がして、規則が掲示してある壁全体が手前にひらいた。それを引っぱり、大きくあける。奥には両開きの古びた木のドアがあり、壁と同じ色に塗られていた。

「床を見てくれ」

ランカスターが見ると、床にはこすれたような跡が新たにできていた。

「このせいだったのね。床の跡は壁をあけたときについたのよ」

「蝶番は三十センチほどなかにあって、覆われているので誰の目にも見えない。だが、長い年月で蝶番がゆるみ、そのせいで床に壁がこすれるようになった」

蝶番に触れてみると、デッカーの指が黒くなった。

「最近油がさされている」

壁の裏側には、中央に小さなノブがついている。

「これはなんのためにあるのかしら」

デッカーはしばらく考えてから言った。「これを引っぱって、なかから壁を閉めるんだろう」

「なるほど。でも、どうしてドアまであるのかしら。壁で覆うだけで充分だと思うんだけど」

「それはわからない。ドアをつけるのは費用もかかったと思うんだが。たぶん、ふたたび使うような時期が訪れたら、できるだけ簡単に入れるようにしたかったんだろう」

「きっとそうね」

「指紋はないように見えるが、判断するのは早い。担当に任せたほうがいい」

デッカーはキッチンのカウンターの上にある箱からナイフを取りだし、両開きのドアのすき間に差しこんだ。鍵は簡易なものだったので、ドアは静かにひらき、やはり最近油がさされたことを思わせた。

そこには長い下りの階段があり、その先は暗闇になっている。

デッカーは、料理が置かれるカウンター近くの壁にあった非常用の懐中電灯を取りに行き、戻ってきた。「さあ、行こうか」

「みんなに知らせたほうがいいんじゃない」ランカスターは心配そうに言った。

「あとにしよう。まずはこれがどこへつながっているか確かめたい」

「ＦＢＩがなんて言うかしら」

「メアリー、奴らはどうでもいい。これはわれわれの事件だ」デッカーはランカスターを見つめる。「来てくれるか」

ようやくランカスターはうなずき、デッカーのあとについて階段を下りはじめた。

下りきると、デッカーは足を止めてあたりを照らした。

「見てくれ」

壁際に、ペンキが塗られた二枚の合板が立てかけられている。板からは曲がった釘が突きでている。

「これで通路をふさいでいたんだ。両開きのドアの周囲に、釘を打ったような穴があいていた。ドアの前に板が張ってあったんだろう。あの壁が動くことに気づかれても、その先にはまた壁があるだけというわけだ」

「犯人が板を外したと思う？」

デッカーは床を懐中電灯で照らした。「きっとそうだ。木くずが落ちているが、比較的新しい。釘を引きぬいたときに落ちたものだろう。板を運ぶときにも落ちたにちがいない。のこぎりを使った可能性もある」

「それなら、前もってやっておく必要があるわね。授業がある日に壁を壊したりしたら、音で気づかれてしまうもの」

「前日の夜にやったのかもしれない。冷凍庫から出てきて作業をしたんだろう。誰にも音を聞かれる心配はない。例の壁をあけ、その先の板を取りはらい、通路まで運んでいって置いたんだ」

「それが事実なら、冷凍庫に隠れていた理由になるわね」

「そうかもしれない」

デッカーはふたたび床を照らした。埃が積もった床にくっきりと足跡が見え、それはふたりが向かおうとしている方向へ続いていた。

よく見ると足跡は二組あり、通路の先へと向かっている。

「メアリー、右側を歩いてくれ。そうすれば足跡を残せる。携帯電話のカメラで写真を撮っておいてくれ」

「わかったわ。でも、なぜ二組あるのかしら。犯人がふたり組ってことなのかしら」

デッカーはかがみこんで足跡を照らした。「いや。ふたつはまったく同じ足跡だ。ふたりの人間が並んで歩いたようなものではない。距離が近すぎる。だが、二組あるのは理解できる」

「どうして？」

「来てくれ」

ふたりは先へと進み、ランカスターは写真を撮りながら歩いた。やがて巨大な鋼鉄のドアに突きあたり、その厚みは三十センチはありそうだったが、油圧式の蝶番だったので簡単にあいた。

「防爆扉ってやつだ」デッカーは言った。

その先は広い空間になっていて、幅は十二、三メートル、奥行きはその倍はありそうだった。床はコンクリートで、壁も天井も同様だった。シェルターであることは間違いなさそうだ。壁には緊急時の行動についての注意書きが書かれている。そのいくつかには、頭蓋骨とクロスした骨のマークも含まれている。世界じゅうで使われている、危険を示すマークだ。壁際には金属製のロッカーがあり、扉にはプレートがボルトで留められている。ひとつには〈ガスマスク〉、もうひとつには〈救急セット〉、その隣には〈水と食料〉と書かれている。どこを見ても埃と蜘蛛の巣だらけで、空気はよどんでいて黴臭い。

「空気を供給できる設備があるはずだ」デッカーが言った。「核爆弾が落ちたら、外気を取りこむことはできなくなる」

「でも、密封された空間ではなさそうよ。呼吸は楽にできるもの」

「ということは通気口があって、作業員たちの呼吸も、機器類の使用も問題がなかったということだ。だが、おそらく警報が鳴ればそれを遮断できる」

二組の足跡をたどってシェルターのなかを歩いていくと、別の防爆扉が見つかり、その先にはさっきと同じような通路が続いていた。数秒ごとにランカスターの携帯電話のカメラが光って暗闇を照らし、足跡を撮影していく。

デッカーは頭のなかで歩数をかぞえていた。やがて、また階段に突きあたった。今度は上りだ。デッカーは懐中電灯でさまざまな場所を照らしてみた。例の足跡はずっと続いている。階段をのぼった先には壁が立ちはだかっていた。

「行き止まりかしら」

「そんなはずはない」デッカーは壁の端を爪で探り、左右とも上から下まで調べてみた。やがて手をかけられる場所を見つけ、引っぱった。少しずつ板がずれ、やがて軽くなって動いた。

「バルサ材だ」デッカーは板を軽々と外し、脇に置いた。板を外した先にはがらくたが積まれていて、さらにドアが見える。

「政府はバルサ材で封鎖したりはしないわよね」ランカスターは言った。

「しないと思う。だが、カフェテリアは板の上にさらに壁があったが、この板はドアをあける者がいたらすぐ見つかってしまう。もしかしたら元々あった壁を外して、犯人がバルサ材を張ったのかもしれない。一見頑丈そうだが、簡単に動かせるから」

「それってものすごく手間がかかることよ。一晩でできるとは思わないわ」

「でも、夜に学校に侵入できれば、何度もここに来て作業を進めることもできる」

「どうやって？　毎晩演劇を上演しているわけじゃないのよ。のこぎりなどの工具を持ちこめるとも思えないわ」

「それはまだわからない」デッカーは床を懐中電灯で照らした。「壁際の床の右側を見てくれ。埃が積もっていない。あのがらくたはきっと右側に置いてあったが、邪魔なので最近動かされたんだろう」

デッカーはドアノブに指紋がないか確かめてから、ドアのすき間にナイフを差しこんであけようとしてみた。

「鍵がかかっている。ちょっと待ってくれ」デッカーは懐中電灯をランカスターに渡し、ポケットからピッキング用の工具を取りだした。

「私立探偵の必需品ってわけ？」ランカスターは眉をひそめた。

「警察の仕事でピッキングしたことがないとでも言うのかい」

一分ほどかかってから鍵があき、ドアが三十センチほどひらいたところで何かにぶつかった。

「何かしら」

ランカスターが拳銃を手にしている。左手が震えているのがわかる。

「ドアの先に何かがある」デッカーが頭を突きだして見てみると、そこがどこだかわかった。

「職業訓練用の教室にある物置だ。以前見たことがある。ドアは積みあげられた空調設備の機材にぶつかっている。だから見えなかったんだ。反対側のドアから見たら、このドアは空調設備で隠れて完全に見えない」

「だからこの付近を捜査したとき、誰もこのドアの存在に気づかなかったのね」

「そうだろう」

ランカスターは戸口のすき間を見た。「わたしなら通れるかも」

横向きになり、ランカスターはするりと狭いすき間を通った。

あたりを見まわして言う。「そっちからドアを押してくれたら、機材が崩れないように押さえておくわ」

デッカーが身体ごと押すとドアがさらにひらき、空調の機材が押しのけられたが、ランカスターが支えていたので崩れることはなかった。

「もういいわ、エイモス。これだけあけば、あなたも通れるでしょう」

デッカーは広くなったすき間を通り、ドアと空調の機材に目をやってから、床を見据えた。

そして眉をひそめた。

「どうしたの」ランカスターが訊く。

「埃があまり積もっていないから、足跡が見えない」

「でも、階段をのぼってきていたわよね。ここまで来たはずよ」

「ああ。だからここまで来て教室に入ってきたと考えよう」

物置を出て、さまざまな工具や作業台が並んだ広い教室に入る。

「犯人はなぜ、この教室に誰もいないとわかっていたんだろう」デッカーが言った。

「あら、あなた知らなかったの」ランカスターの口調は、デッカーにも知らないことがあるのを喜んでいるようだった。

「何を？」

「職業訓練の講師が昨年末で辞めたのよ。後任が見つからなかったので、今年は講座がひらかれていないの」

「だから教室のドアに鍵がかかっていたのか。犯人も誰もいないことは知っていた。デビーは講座がひらかれていないことを話したにちがいない」

「あなたの勘は当たっていたわね。これがカフェテリアから校舎の後方へ、誰にも見られずに移動した方法なんだわ」

デッカーはうなずいた。「実際は二回移動している。冷凍庫から出てきて、地下通路を通り、この教室から廊下へ出て、人々を撃ちながら校舎の前方へと向かった。そしてカフェテリアでまた隠された戸口へ入り、壁を閉じてから、地下通路へ降りていった」

「だから同じ足跡が二組残っていたのね」

「そうだ。職業訓練の教室も非常に広い。校舎の前方と後方の両方から、生徒を緊急時にシェルターへ避難させるための構造なんだろう」

「地下通路はどれくらい深いところにあるのかしら」

「階段の数を考えると、三・五メートルといったところだ」

「その程度の深さで、核爆弾の爆発から身を守れるとは思えないわ。コンクリートの壁と鋼鉄のドアがあったとしても」

デッカーはランカスターを見つめた。「核兵器から身を守れるものなんて存在するんだろうか」

「その疑問はもっともね」

「初めて捜査に来たとき、この教室に入っていろいろ見てみた。あれはわたしの足跡だ」デッカーは遠くの壁際を指さした。「一周して、それからさっきも言ったように、奥の物置をあけて見てみた」

デッカーは膝をつき、床をじっと見た。「メアリー、このあたりを照らしてくれ。見逃したものがあるかもしれない」

ランカスターが懐中電灯で照らすと、埃の舞う床に何かの長い跡があり、その隣には足跡らしきものが見える。

「これはなんだと思う？」ランカスターが訊く。

「二十センチ左を照らしてくれ」

照らしてみたが、何もない。

「二十センチ右はどうだ」

照らすと、まったく同じ長い跡があった。

「これは何かしら」

「デビー・ワトソンの足が残した跡だ」

「足？」

「ヒールの靴を履いていて、引きずられた跡だ。足跡は犯人のものだ」

「ここで？　いったい何をしていたのかしら」

「恋人との逢引きだ。ジーザスとの」

「本当にそう思うの？」

「デビーは検死によれば最初の被害者らしい。検死報告書は読んだかい」

「もちろん読んだわ」

「死因は？」

「なぜそんなことを訊くの。死因は顔面にショットガンの弾丸を受けたことでしょう。あなたも知っているとおり」

「それは間違いない。だが、口のなかにあるものが発見された」

「弾丸の破片以外に？」ランカスターは皮肉をこめて言った。

「ミント・タブレットの小さな破片だ」

「ミント・タブレット？　覚えていないわ」

「報告書の最後のほうに書いてあった。わたしはいつも最後まで読んでいる」

「でも、ミント・タブレットがどうかしたの」

「〝小さな破片〟と書いてあった。ロッカーには容器があって、ふたつタブレットがなくなっていた。それを口に入れるためにロッカーに寄ったんだ。恋人と会うまえに息をさわやかにしておくために。恋人であり殺人犯である相手に。時間の空白も説明できる。犯人は七時二十八分に冷凍庫から出てきた。そして地下通路へ下りて移動した。だが、デビーが教室を抜けだすまで待たなければならなかった。前もって時間を決めておいたんだろう。デビーは仮病を使い、教師に許可をもらって抜けだし、ロッカーに行ってミント・タブレットを口に入れ、職業訓練用の教室に行った」

「でも、鍵がかかっていたと言わなかった？」

「ジーザスがなかからあけたんだろう」

「なるほどね」ランカスターは眉をひそめて言った。「それだけのことに時間はどれくらいかかったと思う？」

「それほど長くはないだろう」デッカーは目を閉じ、後頭部のまんなかあたりを手で触った。「報告書によれば、このあたりに亜急性硬膜下血腫《けっしゅ》があったそうだ。それと後頭骨の左側が割れていたが、そこはかなり硬い骨らしい。弾丸が致命傷にならなくても、いずれ出血が脳を圧迫して死に至っていた。その外傷はおそらく、撃たれるまえに倒れて頭を打ったものだと推測されている」デッカーは目をあけてランカスターを見た。「左側だ」

「つまり、左側から殴られて倒れたということ？　左利きの人間に？　あの楽譜を書いたのも左利きの人間だと言っていたわね」

「そうだ」

「犯人はここでデビーと会ったあとに殴って気絶させたのね。なぜかしら」

「騒がれたら困るからだろう。そして誰よりも先に殺したかった。生き残る可能性を与えてはならなかった。犯人の身元を知っているから。だからデビーと会う約束をして、地下通路を使って誰にも見られずに校内を移動した。これが最初ではなかったのかもしれない。授業中や放課後などに、職業訓練用の教室でセックスしていたのかもしれない。デビーはどれくらいの頻度で保健室に行く許可をもらっていたんだろう」

「セックス？　本当にそう思うの？」

「学校のなかにふたりだけの空間があるんだ。恋に夢中になっているティーンエイジャーにとってこれほど魅力的なシチュエーションはない。しかも相手は〝大人〟の男で高校生などではない。犯人はこの計画を立てはじめたとき、地下通路のことを熟知しておきたかったはずだ。そして必要なものを持ちこんでこの教室に置いておくこともできた。完璧な計画だ」

「それじゃ、どういう流れで事件が起きたのか聞かせて」

「犯人は職業訓練用の教室でデビーと会った。デビーはミント・タブレットを口に入れ、教室でセックスしようと思っていた。だが犯人はデビーを殴って気絶させ、マスクなどを身に着けてから、教室を出て防犯カメラに映り、戻ってきてデビーにとどめを刺した」デッカーはランカスターを見た。「地下通路の足跡を見ただろう」

「もちろんよ」

「あれはせいぜい二十七センチといったところだ」

ランカスターは戸惑っている。「大柄な男にしては小さいわ。アールは身長百八十二センチで二十九センチを履いているのに」

「わたしは百九十六センチで靴は三十一センチだ。体格からすると妥当な大きさだ。百八十八センチで九十キロ以上ありそうな男が二十七センチの靴だなんて、ありえない。それに、わたしは空調設備が置かれていて少ししかあかない戸口を通れなかった。かなりすき間を広げないと無理だった。広げたような跡は見あたらなかったから、過去にそうした者はいないということだ。きみは楽に通れていたが、背も低いし痩せている。防犯カメラに映っていた男はわたしよりもずっとウェストが細かったが、胸や肩幅はわたしと同じくらいだった。どうやって空調設備を動かさずにあそこを通ったんだろう」

「わからないわ。あなたはわかる？」

「ああ、考えはある」

ランカスターは周囲を心配そうに見まわし、歯が折れそうな勢いでガムを嚙んだ。

「鑑識班を呼ばないと。証拠を破損していないことを祈るしかないわ。そんなことになったらＦＢＩに八つ裂きにされるわよ。マックに殺されたあとに」そう言ってから、何かに思い当たったようだった。

「待って。デビーを気絶させて引きずり出したとしても、廊下に立たせて撃つのは無理じゃないの。弾道分析班によれば間違いなく立っていたということよ。血痕は嘘をつかない。それに、犯人が防犯カメラに映ってからデビーが殺されるまで、一分しかあいていないわ」

「デビーのジャケットの首の後ろのところに穴があった。ジャケットをロッカーのドアに引っかけたんだと思う。少しのあいだなら立たせておくことができるだろう。そして歩いていって防犯カメラに映り、また戻ってきて撃ったんだ。ジャケットに穴があいたのはそのときだ。弾丸を受けて倒れるときに引っぱられたせいだろう」

懐中電灯で照らして調べると、さらに足跡が見つかり、物置へ戻って地下通路へ下りていくものもあった。教室内にはデビーのものらしき足跡もあった。太いヒールのブーツを履いていたのは、死体を見たときに確認ずみだ。足跡を見ていると動きが見えるようだった。二組の足が非常に近づいている。キスをしていたのだろう。デビーはジーザスと呼ぶ男とのセックスを期待していたが、与えられたのは死を招く一撃だった。

デッカーは壁にもたれて目を閉じ、脳内のＤＶＲをある場所まで巻きもどした。

「地下通路でほかに気づいたことはあるかい、メアリー」

「ほかに？　たとえば？」

デッカーは目をあけた。「二組の足跡が階段をのぼっていき、物置から教室へ向かっていた」

「そうね」

「そして階段を下りていくものが一組あった」

「ええ。それで？」

「教室にたくさんある足跡を見ると、地下通路を過去にも使っていたことが考えられるのに、カフェテリアのほうへ地下通路を戻っていく足跡はまったく見あたらなかった」

ランカスターは目をみひらいた。「確かにそうだわ。犯人は学校からどうやって逃走したのかしら」

「それは実にいい質問だ」

29

ランカスターが新たな発見について急いで報告に行っているあいだに、デッカーはふたたび階段を下まで降りてみた。

犯人が地下通路を戻ってカフェテリアや正面口から出たり、あるいは裏口から逃げたのであれば、かならず目撃されるはずだ。そうでないなら、いったいどこへ消えたのか。校舎内はすべて捜索されたが、使われていないフロアも含め、なんの痕跡も見つからなかった。地下通路はまだ警察に知られていないので捜査はされていない。だが、通路を戻っていないのは確かだ。教室から物置に入って階段を下り、そして消えた。いったいどこへ？

デッカーは階段を下りきった場所を懐中電灯でくまなく照らしてみた。

階段の両脇には壁がある。そのあたりには埃が積もっていないので、下りてくる足跡は階段で途絶えている。

あらためてよく見てみる。ほかの場所は埃だらけなのに、なぜここだけきれいなのか。誰かが掃除をしたのか。そうであれば、なぜなのか。そう考えるうちに、ひとつの考えが浮かんだ。

誰かに言われたことと関係している。

しかも、つい最近言われたことだ。

ベス・ワトソン。

夫と別れようとして荷造りをしていた。夫の祖父のサイモンは、かつて地下通路の存在について話をしていた。だが、それ以外のことも言っていた。

〝最初につくったのは自分じゃない、建て増したんだ〟

デッカーは右の壁に近づき、あらゆる角度から照らしてみた。

何もない。

左の壁にも同じことをする。

何かある。

階段と壁のあいだにわずかなすき間が見える。そこへ指をかけて引いてみる。壁はカフェテリアのものと同じように、音も立てずにすんなりとあいた。最近使われたにちがいない。

顔をのぞかせて見てみると、その先には暗く長い通路が伸びていた。

空気はやはりよどんでいて黴臭い。だが、さっきほどひどくはなく、どこかから外の空気が入ってきていることを思わせた。デッカーが通路を照らしながら歩いていくと、床はコンクリート製でかなり汚れているのがわかった。そして二十七センチの足跡が続いていた。携帯電話のカメラで写真を撮る。

目の前にドアが見えたので立ち止まる。ドアの脇の壁には、バルサ材の板が立てかけられていて、曲がった釘が突きでている。カフェテリアのところにあったものと似ている。板はこの通路の出口をふさいでいたのだろうが、何者かがそれを外したのだ。犯人が。

拳銃を引き抜き、ドアを押して静かにあける。前方を照らしてみる。聞こえるのは水が滴る音と、ネズミが這いまわるような音と、心臓の鼓動だけだ。

自分は勇敢だと思っている。普通の人々よりも勇敢でなければ、この仕事は務まらない。だが、同時に怯えてもいる。この仕事に従事しつづけていれば、常に命の危険にさらされていることも意識せざるを得ない。

先へ進んでいく。百メートルほど進むと、通路は上り坂になっていた。その先には階段があった。できるだけ静かにのぼっていく。のぼりきると、またドアがあった。鍵がかかっている。ピッキング用の工具を使ってみたが、あかなかった。

百五十キロの全体重を肩にかけてドアを押してみた。

それは効いたようだ。

ドアがあくと、その先は薄暗がりになっていた。デッカーはあたりを見まわした。

そこは広く天井の高い空間だった。機械油のような臭いが漂い、車の残骸のようなものが散乱している。

廃棄された陸軍の車両だ。デッカーが立っているのは、八年まえに閉鎖されたマクドナルド陸軍基地にある建物の内部だった。

高校の地下通路が陸軍の敷地内につながっているのだ。

不思議に思ったが、よく考えてみると理にかなっていた。かつてマンスフィールド高校の生徒たちの親は、その多くが基地で働いていた。非常事態が起きたとき、地下の核シェルターで親子が落ちあうことができれば、こんなにいいことはない。あるいは、もともと基地の職員と学校の生徒の両方を避難させる目的でつくられたのかもしれない。真実はどうであれ、その存在が長く忘れ去られていたことは間違いない。おそらく一度も使われなかったのだろう。

いや、ちがう。最近使った者がいるのだから、完全に忘れ去られていたわけではない。

犯人はここから逃げたのだろう。それは確かだった。基地の敷地は広大で、閉鎖されてから長い年月が経っている。誰にも目撃されるおそれはない。荒廃し、敷地の周囲は蔦や木々で覆われた金網のフェンスで囲われているだけだ。いとも簡単に逃走できたことだろう。

懐中電灯であたりを照らすと、ビールの缶や酒の瓶、使い終わったコンドームのパッケージ、煙草の吸い殻などが散乱しているのが見えた。鑑識班にとっては悪夢のような光景だ。おびただしい数のＤＮＡが出てくるにちがいない。そのほとんどはおそらくティーンエイジャーのもので、ここでセックスや酒、ニコチン、あるいはもっと強いものに浸っていたのだろう。注射器や、腕をしばるためのゴムホースも落ちていた。

だが、そのなかの誰ひとりとして、基地と高校が地下でつながっていることは知らなかったはずだ。あちこち見てまわったとしても、肝心の場所は鍵のかかったドアでふさがれていた。それをなんとかあけることができても、その先にあるのは壁だけだ。それで諦めるだろう。若者がたむろするのは夏のあいだだけだ。冬が近づいているので、暖房もないこの場所はかなり冷えこんでいる。犯人は乱射事件の計画を立てたとき、逃げる際にここでセックスや酒に浸る若者に出くわす心配はなかったということだ。

歩きまわってみたが、それ以上の発見はなかった。

デッカーは携帯電話を取りだしてワトソン夫妻の家にかけてみた。ジョージが電話に出た。ベスはもう出ていったのだろうか。

「どちらさまですか」ろれつは回っている。眠って酒が抜けたのだろう。

「ミスター・ワトソン、デッカーです」

「まだ何か用があるのかい」明らかにいらだっている。

「話はすぐに終わります。デビーは放課後、学校で過ごすことが多かったんじゃないですか。あるいは朝、授業が始まるまえに早く行ったりしていませんでしたか」

「なんでそんなことを知ってるんだ。家族のことを調べあげたのか」

「あくまで推測です。わたしは探偵ですから、これが仕事なんです。奥さまによれば、自宅にいる時間はデビーのほうがずっと少なかった。だから放課後に何かやっていたんじゃないかと思ったんです。それはなんだったんでしょう」

「部活動に入っていたらしい。その打ち合わせとかで、夜遅くなることもあった。暗くなってから帰ってくることも多かった。それが重要なことなのかい」

「重要かもしれません。ありがとうございます」

デッカーは電話を切った。デビー・ワトソンは部活動に出ていたのではない。ふたりだけの空間で、〝ジーザス〟と密会していたのだ。

デッカーはランカスターに電話をかけ、また新たな発見があったことを伝えた。携帯電話をしまい、ドラム缶の上に腰かけて、目を閉じて待った。それほど時間はかからないだろう。ドアはあえてあけたままにしておいた。

近づいてくる足音が聞こえた。ひとり分だったら目をあけたところだが、それは十数人もの足音だった。だから目を閉じたままで待った。犯人であればひとりで来るはずだ。

目をあけると、ボガート特別捜査官が立っていた。

「これも経験による勘で発見したんですか」ボガートが訊いた。

「ええ。経験による勘で発見しました」

ボガートの背後にはFBIの捜査官数名とバーリントン警察署の捜査員たちが立っていた。ランカスターが一歩前へ出る。

「マックには電話で知らせたわ。向かっているところよ」ランカスターが言うと、デッカーはゆっくりとうなずいた。

「どうやって探りあてたんですか」ボガートが言った。

デッカーは二分間かけて、それまでの経緯を説明した。

「ベス・ワトソンに会ったあとにすぐ報告をもらえれば、協力できたはずです」ボガートが指摘する。「もっと早くここまでたどり着けたと思います」

「そうかもしれません」デッカーは言った。

ボガートは部下に建物とその周辺の捜査を命じ、近くにあった古い木の椅子を持ってきて、デッカーの隣にすわった。ランカスターはふたりの近くに立った。

「犯人はデビー・ワトソンに近づき、基地と高校とのつながりを知って、それを逃走に利用したということですね」ボガートが言った。

「侵入と逃走の両方に利用したんです。地下通路を使えば出入りは自由でした。犯人は大人の男としてデビーを誘惑したわけです。家庭環境がいいとは言えないティーンエイジャーを落とすのは簡単なことだったでしょう。何度も密会を重ね、誰にもそれを知られることはなかった。デビーは自分が特別な存在になったように思っていたはずです。ショットガンで顔を撃たれるまでは」

「陸軍に協力を依頼し、基地を徹底的に捜査します」

「ええ。お好きなように」

「誰もシェルターと地下通路の存在を知らないとは驚きました。ワトソン一家以外は」

「建設されたのは一九四六年ごろです。携わった人々はもう亡くなっているでしょう。彼らが子どもたちに話したとは考えにくいので、ほかに知っていたのは学校の職員くらいだと思います。一度も使われなかったようですし、避難訓練すら行われなかったんじゃないでしょうか。断言はできませんが、訓練が行われたとしても、当時の生徒たちはもう高齢になっているはずです。忘れていてもおかしくありません」

「サイモン・ワトソンが建て増しをしたと言っていたのは、どういうことですか」

「サイモンが基地で働きはじめたのは六〇年代後半です。おそらくその数年後に、基地とシェルターをつなぐ通路がつくられたのでしょう。ですが、基地の閉鎖によって職員は誰もいなくなりました。ほとんどの職員が、ほかの基地に異動になったんだと思います」

ランカスターが口をひらいた。「かつての職員が地下通路のことを覚えていたとしても、乱射事件の犯人がそれを使ったとまでは考えないでしょう。これだけの年月が経てば、完全に封鎖されていると思うはずです。世間は犯人が人々を撃ち殺したあと、ただ急いで逃げたのだと思っています」

ボガートはうなずいた。「ですが、学校への侵入は基地側から入るほうが簡単なはずです。それなのに、カフェテリアからわざわざ地下通路を通って校舎の後方に来た。なぜでしょう」

「わかりません」デッカーは言った。「カフェテリアの壁の奥にある、ドアをふさぐ板を外すのには時間がかかると思っていました。ですが、基地側から自由に出入りしていたとなると、その作業はいつでも進めることができたはずです。ですから、乱射事件の前夜に一気に作業したのではないのかもしれません。不測の事態が起きないとも限らないので」そこでいったん言葉を切る。「それ以上のことはわかりません」

「なんでもわかっているのかと思いましたが」

「でしたら、それは間違いということです」

ボガートはデッカーをまじまじと見つめた。「あなたが何事も忘れないというのは本当なんでしょうか」デッカーは視線を合わせなかった。ボガートは身体を寄せ、デッカーにしか聞こえないくらいの小声で言った。「その頭の秘密はなんなんだい、デッカー？　頭のなかには何があって、どうやってここまでの推理を可能にしたんだい」

デッカーはその言葉になんの反応も示さなかった。

「会話をしようとしているのに、いつもそうやって無視するんですか」ボガートが言った。

「コミュニケーションは得意ではありません。それはお伝えしたはずです」

「でも、歩きながらガムを嚙むことはできる。あなたが特別な能力を持っていたとしても、それは日常生活には影響していないようですね」

デッカーはボガートを見つめた。「なぜそんなことを言うんです」

「わたしの兄が一種の自閉症なのです。専門分野では高い知能を発揮しています。ですが、ひととの交流はとても苦手です。会話をしようとしても、二言三言ぼそぼそとつぶやくのが精いっぱいです。仕事はできるので、高機能自閉症と診断されていますす」

「どんな専門分野ですか」

「物理学です。正確に言えば、素粒子物理学です。クォークやレプトン、ゲージボソンといったことについては一日じゅうでも語ることができます。その一方で、食事を忘れることもあるし、航空券のチケットを予約したり、電気代の支払いをしたりすることができないのです」

デッカーはうなずいた。「なるほど」

「でも、あなたはそこまでではない」

「程度の問題です、ボガート特別捜査官」

「生まれつきそうなのですか」

「ちがいます。だから、歩きながらガムを嚙むことができるんです」デッカーはぶっきらぼうに言い、横を向いた。

「もうこの話題は終わりにしたいようですね」

「そちらは続けたいんですか」

ボガートは太腿を両手でさすった。「とにかく犯人を捕まえねばなりません。そして、われわれにはまだ話し合っていない点がひとつあります」

デッカーは視線を戻した。「犯人がわたしに向けている感情ですね」

「ふたつのメッセージがあなたに向けて書かれていました。ひとつは暗号で、もうひとつはそうではなかった。これはリスクの伴う行為です。あなたの家族を殺害した家に戻り、メッセージを書けば、目撃される可能性があります。デビーの家にも行ったのなら、そこでも目撃されかねません。もちろん、殺人そのものがリスクを伴う行為だと言えます。あなたの言葉を借りるなら、程度の問題ということでしょうか。こういった犯人は捕まることを望んでいません。だからリスクは最小限に抑えたいはずです。でも、危険を冒してでもあなたにメッセージを書きたかった。そこが重要です。犯人はあなたと強く、深いかかわりがあると考えているのです」

デッカーはボガートを見据えた。「クワンティコ本部にいたことがあるんですか。ＢＡＵに」

「行動分析課《ＢＡＵ》にいたことはあります。映画やテレビで言うところの〝プロファイラー〟でした。得意な分野だったんです」

「ＦＢＩにプロファイラーという肩書はないはずです」

「おっしゃるとおりです。正確には心理分析官と言われていました。分析は正しいこともあれば、間違っていることもあります。机上の空論だという批判もあり、万能なものでないのは事実です。ですが、そんな議論は重要ではありません。重要なのは、犯人がこれ以上被害者を出すまえに捕まえることです。そのためには手段を選ばないつもりです」ボガートは身を乗りだした。「その手段のひとつが、あなたの存在です」

「それはどういう意味ですか」

「もっと協力しあって捜査を行いたいという意味です。手を組めばさらに前進できると思うのです」

デッカーはランカスターを見た。いまの言葉ははっきりと聞こえたはずだ。

「パートナーでしたら、すでにいますので。何かまた新しい発見があれば、お知らせします」デッカーは立ち上がりながら言った。

そのままデッカーは歩き去っていった。ランカスターはしばらくとどまっていたが、ボガートに硬い笑みを見せてから、急ぎ足でデッカーのあとを追った。

ボガートはすわったまま、去っていくふたりを見つめていた。

30

デッカーは目をあけた。ベッドに横になっていたが、眠りは浅い。外では雨が降っていた。秋が冬に道を譲ろうとしているこの時季は雨が多く、さらに強風も吹くので、頭のなかまで水浸しになるような気がする。

二十七センチの靴。それは正式に確認された。身長百八十八センチ、体重九十キロ、肩幅はデッカーと同じくらいあるはずなのに。目を閉じて思考を止め、防犯カメラの映像まで記憶を巻きもどす。だが、そこには上半身しか映っていなかった。意図的にそうしたのだろう。足は見えない。そして防犯カメラにわざと映ったのは、本当の侵入経路を隠すためだった。裏口から入ったように見せかけて、地下通路の存在を隠すためだった。

だが、どこか辻褄が合わないようなものをデッカーは感じていた。それがなんなのか、どこにあるのかはわからない。あらゆるものを記憶しているのは確かだが、見たものすべてが理路整然と並んでいるわけではない。ひとつの事実とは矛盾している事実も存在している。

考えを整理しようとしたとき、部屋の外で物音がした。

レジデンス・インはどの部屋も直接外に出られるドアがついている。デッカーの部屋は二階だった。部屋の前には鉄製の細い通路があって、その両端には駐車場に続く階段がついている。

また物音がした。外壁に何かがこすれるような音だ。両隣の部屋は空室のはずだ。一階の部屋は満室だ。身体を起こし、ドアを見つめる。手を伸ばし、サイドテーブルに置いてある拳銃を握りしめる。

ゆっくりとスライドを引いて、音を立てないように弾を薬室に送りこむ。毛布をはねのけ、ズボンを穿いてから、ポケットに携帯電話を入れ、裸足のままドアに近づいた。

ドアの右側に立ち、銃を持った両手は下ろしたままにしていた。耳をすましてみる。また聞こえた。こすれるような音だ。

外に何かがある。誰かがいるのかもしれない。

警察官だったときからこの状況には慣れている。だが、いつもは逆だった。外から室内へ突入していた。チェーンを外し、脇へ寄ってからドアノブをつかみ、三つかぞえ、力いっぱいドアをあける。銃を構えて左右に向ける。

デッカーは動きを止め、女の姿を見た。外壁につけられた照明から吊るされている。足が壁にぶつかり、それがこすれるような音を立てていたのだ。

頸動脈に触れてみたが、それは機械的にやっただけだった。死んでいるのは明らかだ。目はみひらかれ、光はなく、あらぬ方を見つめている。

ＦＢＩ特別捜査官ラファティは、もはやメモを取ることもできない。

死体をざっと見てみたが、死因はすぐにはわからなかった。

デッカーは通路を走り、階段を急いで駆けおりていった。それほど長い時間吊るされていたとは思えない。まだ犯人は近くにいるかもしれない。携帯電話を取りだし、九一一にかける。応答した通信指令係に、必要な情報をごく簡潔に伝える。それからランカスターに電話をかける。四回めの呼び出し音で応答があった。午前三時なので、さすがに眠っていたのだろう。最初の言葉でランカスターは飛び起きたにちがいない。次の言葉で、あわてて着替える音が聞こえる。通話を終えて携帯電話をしまうと、デッカーはレジデンス・インの前の駐車場を走った。あたりを見まわし、耳をすました。エンジンのかかる音や足音が聞こえないだろうかと。

そのどちらも聞こえず、自分の荒い息づかいだけが響いている。足を止め、前かがみになり、呼吸を整える。身体が震え、胃がむかついている。顔を上げる。数字の３の軍隊がナイフを構え、自分を殺そうと向かってくるのが見える。現実のものではないとわかっているが、この夜はそれを初めて見たときのように、恐怖が心臓をつかんでいる。

より深くかがみ、アスファルトの上に胃のなかのものを吐きだす。凍りつくほど冷たくなった足にもはねかかる。

身体を起こすと遠くからサイレンが聞こえてきて、3の軍隊はその音が近づくにつれて消えていった。一分ほど経つと、べつのサイレンが重なって聞こえてくる。デッカーはよろよろと階段をのぼり、部屋へ向かった。そしてラファティの死体と向きあうように、通路の柵にもたれて立った。目を閉じさせ、床へそっと下ろして両手を組ませてやりたい。そうすれば、暴力的な死が安らかな眠りに変わるような気がする。家族にもそうしてやりたかった。

だが、そのどれも犯罪現場を荒らすことになるので、できなかった。だから何もせずに立っていた。駐車場にパトロール・カーが数台停まったので、デッカーは部屋に入って拳銃をサイドテーブルに置いた。通路に戻ると、数人の警官が階段をのぼってきて、デッカーの一メートルほど手前で拳銃を構えて立ち止まった。

デッカーは身分証を掲げた。警官たちの顔には見覚えがなかったので、万が一に備えねばならない。

「エイモス・デッカーだ。通報をしたのはわたしだ。ランカスター刑事もこちらに向かっている」

警官たちは拳銃を下ろし、デッカーの顔をまじまじと眺めた。ひとりは近づいてきて身分証を確認した。

近づいてきた警官が口をひらいた。「昨日、高校の捜査本部に刑事たちと一緒にいたのを見た。だいじょうぶだ」

警官たちは拳銃をホルスターに戻し、ラファティの死体を見あげた。

「FBIのラファティ特別捜査官だ。高校の捜査本部にも出入りしていた」

警官たちは首を振り、ひとりがつぶやいた。「なんてこった、FBIか。どうしてこんなことに？」

「わからない。見たところ外傷はない」

「そうか」

デッカーは一歩退いた。「わたしも二十年間警察官をやっていた。わかりきったことを言うようだが、まずは犯罪現場を立入り禁止にして、鑑識班と検死官を呼んだほうがいい。ランカスター刑事がしかるべき関係先に連絡を入れると思うが、いま言ったとおり、被害者はFBIの捜査官だ。手順は厳密に守ったほうがいい」

「そのとおりだ。早速連絡を入れよう」ひとりが言った。

「テープを取ってくる」もうひとりが言った。

デッカーはあいたままの部屋のドアを指さした。「ここはわたしの部屋だ。物音が聞こえたので、外に出て様子を見てみた。そして死体を発見した。それから駐車場まで走って下りていった。だが、ひとの姿はなかった。走り去る車も、逃げていく人影もなかった。駐車場にある嘔吐物はわたしのものだ。いきなり全速力で長い距離を走ったものだから」

「わかりました、ミスター・デッカー。部屋に戻っていてください。ランカスター刑事があとで会いに来るはずです」そう言ってから、警官は死体を見て怪訝な顔をした。「亡くなっているのは確かですか？」

「脈がないのは確認した。それに冷たくなっている。死後しばらく経っているようだ」

デッカーは部屋に戻ってドアを閉め、バスルームへ行って顔と足を洗い、靴を履き、ベッドに腰かけて待った。

ランカスターの住んでいる場所は知っている。ここに着くまでは三十分程度かかるだろう。十分ほど経つと、ドアの外が騒がしくなり始めた。

それから十八分後、ノックの音が聞こえた。ドアをあけるとランカスターが立っていた。

通路を見ると、死体は下ろされ、証拠を採取するためにシートの上に寝かされていた。狭い通路に多くの捜査員が動きまわり、写真を撮ったり計測をしたり、あらゆる証拠を採取しようとしていた。

検死官は髭を生やした六十代の小柄な男で、死体のそばにかがみこんでいた。死亡推定時刻を調べたあと、ランカスターのほうを見て言う。

「死後およそ三時間といったところです」

デッカーが言った。「つまり、午前零時半ごろですか」

「死因は？」ランカスターが訊いた。

ブラウスがめくられる。刺し傷がひとつ見えた。

「ここを一突きされています。心臓を貫いている。ほぼ即死でしょう。ですが、血を流したのはべつの場所のようです。いずれにせよ、あまり出血は多くなかったはずです。ナイフが心臓を貫き、血液を送りだすのを止めてしまったでしょうから」

デッカーはふと思いあたって言った。「下半身は調べましたか。何か見つかりませんでしたか」ランカスターはデッカーに鋭い視線を投げ、それから検死官を見た。

検死官の表情が答えを物語っていた。そしてふたりにそれを見せた。「ナイフのようなもので、乱雑に陰部が切りとられています」

ランカスターは言った。「あのときと同じだわ。あなたの……」

デッカーは答えた。「ああ。あのときと同じだ」

三台の黒いSUVが駐車場に停まった。

「FBIが来たわ」ランカスターは落ちつかなげに言った。「ここに来るまでのあいだに連絡を入れたの」

　ボガートが部下を引き連れて、階段を二段ずつ駆けあがってきた。髪は乱れ、ジーンズとセーターにキャンバス地のスニーカーという姿で、靴下は履いていなかった。背後にいる部下たちも似たような服装だったが、その上にＦＢＩの青いウィンドブレーカーを着ていた。

　ボガートは死体に歩み寄って見おろした。それから目をこすり、顎をさすり、通路の柵の向こうの暗闇へと視線をそらした。

「くそっ」という小さな声が聞こえた。

　それからボガートは振りむいた。

「これまででわかったことは？」

　ランカスターが死亡推定時刻と死因を伝えた。陰部が切りとられていたことも話した。

「何か目撃したり、聞いたりはしていないんですか」ボガートはデッカーに向かって言った。

　デッカーはそれまでの経緯を話した。「眠りは浅くても、ずっと起きていたわけではありません。物音はわたしが気づくまえからしていたのかもしれません」

　ランカスターが訊いた。「今夜のラファティ捜査官の行動をご存知ですか」

ボガートには聞こえていないようだった。

デッカーが言った。「今夜の行動がわかれば、何か手がかりがつかめるかもしれないのです」

「わかっている！」ボガートが怒鳴った。

ランカスターが口をひらく。「非常に苦しい立場にあるのはわかりますが――」

デッカーがそれをさえぎる。「手がかりを早く見つければ、解決に早く近づくということはあなたがいちばんよくご存知でしょう。逆もまた然りです」

ボガートはふたたびラファティの死体を見ると、ふたりを手招きし、階段を下りていった。

三人は黒いSUVに乗りこみ、運転席にボガートがすわり、後部座席にデッカーとランカスターがすわった。ボガートはコンソール・ボックスに置かれていた小さなボトルから水を飲み、口を拭ってから後ろを向いた。

「ラファティは優秀だった。わたしの一番弟子だったんだ。ただの書記役じゃない」

ボガートはデッカーに鋭い視線を向けたが、デッカーは何も答えなかった。

ボガートは前を向いて座席にもたれ、長いため息をついた。「部下を失ったのは初めてです。とても受けいれがたい」

「お察しします」ランカスターは言った。

「ラファティ捜査官の居場所はどこだったんでしょう。宿泊場所は同じなんですか」デッカーが訊いた。

「ええ。センチュリー・ホテルです」

「全員同じフロアに泊まっているのですか」

「いいえ。三つのフロアに分かれていました。ですが、ラファティの部屋の隣にはべつの捜査官が泊まっていました」

「最後に彼女が目撃されたのはいつなんでしょう」ランカスターが訊いた。

「ここに来るまで、ずっとそれを訊いてまわってきました。九時半ごろらしいです。ダロウ捜査官の部屋でファイルを読んでいたそうです。やがてもう寝ることにして、自分の部屋へ戻ったらしいのですが」

「でも、本当に部屋へ戻ったんでしょうか」デッカーが言った。

「実のところ、ラファティはダロウに買い物に行くと言っていたようです」

「何をどこへ買いに行くか言っていましたか」

「そのときの口ぶりから、ドラッグストアへ行くのだと思ったとか。珍しいことではありません。われわれは急に呼びだされることが多く、旅の荷造りをしている暇はありません」

「それじゃ、買い物に出るのは初めてじゃなかったんですね。それ以前に同じ店に行っていたかもしれませんね」

「ええ。洗面用具か何かだと思います」ボガートは窓の外を眺めている。心ここにあらずといった様子だ。

デッカーは座席にもたれ、目を閉じてしばらく思案をめぐらせた。「終夜営業のドラッグストアが、ホテルから二ブロックのところにあります。そこなら買い物にいちばん便利だと思います。駐車場には防犯カメラもついていました」

「それじゃ、そこへ行って何か映っていないか見てみましょう」

目的地までは、ボガートが制限速度を大幅に超えるスピードを出したのであっという間に着いた。まだ午前四時まえで、バーリントンの街は眠っていた。車もほとんど走っておらず、歩行者の姿はまったくない。

ドラッグストアにはふたりの店員の姿があった。ひとりは防弾ガラスの奥にあるレジに立っていて、もうひとりは棚にデオドラント・スプレーを並べていた。ふたりとも午後八時から働いているという。ボガートはラファティの写真を見せ、見かけたかどうか尋ねた。

「今夜は見かけていません。でも、昨日の夜に来ました」

それを聞いてデッカーが言った。「今夜は来たけれど、店にたどり着けなかったのかもしれません」

駐車場にある防犯カメラの映像をＤＶＤに保存してもらい、それを受けとる。

「歩いて来たと考えられます。車で来るには近すぎるので」デッカーは言った。

「なくなっている車は一台もない」ボガートが言った。

三人は車に戻り、ラップトップＰＣにＤＶＤを入れた。映像に時刻が入っていたので、ボガートは九時三十分少しまえまで早送りした。そこから再生し、三人は身を乗りだして映像をじっと見つめた。九時五十八分に人影があらわれた。

「あれだ」デッカーは言った。

ラファティがドラッグストアの隣の路地から出てきた。二歩ほど進んだところで、とつぜん何者かに路地に引きもどされてしまった。

「もう一度、スローで再生してください」デッカーが言った。

ボガートはその場面を五回再生し、可能な限り画像を拡大した。

デッカーは映像を集中して見つめ、一ピクセルごとに記憶に刻みこんだ。「相手の姿は見えない」

「さらに拡大もできると思います。われわれには技術がありますから」ボガートが言った。

「犯人はカメラがあることを知っています。高校のときと同じです。ここでは映らないようにしています。見られたくない理由があったんでしょう」

「なぜ、一瞬で引きもどすことができたのか不可解です。ラファティはよく訓練されているのに」ボガートが言った。

デッカーが答える。「手袋をした手で首をつかまれていました。その手が何かを持っていたのかもしれません。一瞬で身体の力が抜けていたように見えます。何か身体を麻痺させるようなものを注射されたんだと思います」

「血液検査でわかるはずね」ランカスターが言った。

「九時五十八分に拉致されたことがはっきりした」デッカーが言う。

「でも、死亡推定時刻は午前零時前後らしいけど」

「そうなると、拉致してから殺すまで二時間もあいていたことになる」

ボガートは表情をこわばらせている。「身体の一部が切りとられていたそうですね。それ以外に何かされていたと思いますか」

デッカーは首を振った。「わたしの妻はレイプはされていませんでした。ですが、やはり切りとられていました。同じ箇所を」

「なぜそんなことをするのか、理由がわかりません」

「妻にしたことについて、レオポルドに探りを入れてみましたが、何も言いませんでした。陰部を切りとられたことについて報道はされていません。事件のその場にいた者しか知らないことなので、レオポルドはそこにはいなかったんだと思います。ですが、真犯人から話を聞いていてもおかしくありません。何も言わなかったのは、知らないからなのか、言いたくないからなのか。いずれにしても、レオポルドは疑うべき人物です」

ボガートは顔を手でこすった。「ほかには？」

「拉致してから二時間。ある程度、意識のある時間帯もあったかもしれません」

「そうだとしたら、何をしたのかしら」ランカスターが言った。

「捜査がどの程度進展しているか訊きだそうとしたのかもしれない」ボガートが言った。

デッカーはうなずいた。「われわれがどこまで知っているかを知りたかった。重要な点をつかんでいるかどうかを」

「ラファティが口を割るはずがありません」ボガートが言った。

「相手の使う手口次第では、誰であっても口を割る可能性はあります」デッカーは言った。「不本意ながら話してしまったかもしれません。いずれにせよ、念のため、犯人にはわれわれの知っていることが伝わっていると考えましょう。特に地下通路の存在について」

ボガートは一時停止している画面に目をやり、首にかけられた手を眺めた。「あとを尾けられていたことになぜ気づかなかったんだ。すぐ後ろにいたはずなのに」

ランカスターが言った。「路地に身を潜めていたのかもしれません」

ボガートが首を振る。「そこで待ち伏せしていたとでも？　そもそもドラッグストアに行くことをどうやって知ったんです」

「待ち伏せして、姿を見つけて尾行したとも考えられます。彼女は少なくとも一回は同じドラッグストアに行っていたので。なんらかの方法で、一度そこへ行ったことを知り、もう一度行くのではないかと予測した。それと、ラファティ捜査官は犯人の姿を見ても、なんらかの理由で警戒しなかったのかもしれません」デッカーが言った。

「警戒しなかった？　暗い夜道で、しかも殺人犯が野放しになっている状況なのに？　いったいどういう理由でそう思うんです」

「姿を見せた相手が、疑うような人物でなければ警戒はしないはずです」デッカーは説明した。

ボガートの顔が真っ赤になってゆがむ。「わたしや同僚がラファティを殺したとでも言うのか？　この周辺でほかに知りあいなどいるはずがない」

「そういう意味ではありません」デッカーは静かな声で言った。

ボガートはデッカーの顔に指を突きつけた。「部屋のまえに死体があったんだろう。殺したのはあんたじゃないのか！」

デッカーは表情を変えず、ゆっくりと落ち着いた口調で話した。「そして、死体をわざわざ自分の部屋の戸口に吊るしたと？　それから通報して、警察が来るまで待っていたと？　そんなことをしたなら、心神喪失で無罪を狙っているとしか思えませんね」

ボガートはいまにも殴りかかってきそうに見えたが、なんとか感情を押し殺し、視線をそらした。

ランカスターが口をひらいた。「エイモス、つまり制服を着ていたってこと？　警官の格好をしていたのなら、まず疑わないと思うわ」

「そうだ。まさにそれが言いたかったことだ」

ボガートはデッカーを見据え、うなずいた。「わかりました。早とちりして申しわけない」少し間を置いてから言う。「それでは、路地を徹底的に捜査します」ボガートは電話をかけ始めた。通話を終え、ボガートはデッカーのほうを向いた。「われわれは協力しあわねばなりません。奴を止めなければなりません」

デッカーは首を振った。「奴ではない。〝奴ら〟です」

「どういうこと？」驚いたランカスターが言った。ボガートもデッカーを見つめている。「単独犯のはずよ。あなたもそう言っていたじゃない」

「その考えは間違っていた」デッカーはきっぱりと言った。

「ですが、どういった理由でふたり以上の人間がかかわっていると思うんです」ボガートが訊いた。

「ひとりの人間が同時に二箇所にあらわれることは不可能だからです」

（下巻に続く）

完全記憶探偵 上

2016年12月22日　初版第一刷発行

著　者　デイヴィッド・バルダッチ
訳　者　関麻衣子
装　丁　坂野公一(welle design)

発行人　後藤明信
発行所　株式会社 竹書房
〒102-0072
東京都千代田区飯田橋2-7-3
電話03-3264-1576(代表)
03-3234-6301(編集)
http://www.takeshobo.co.jp
印刷所　凸版印刷株式会社

ISBN978-4-8019-0929-8　C0197
Printed in Japan